原 来
中 国 长 这 样

［德］张云刚　潘昊琰　海　洋　等/著

HARMONIE IN FREMDEN TÖNEN:
CHINA DURCH MUSIK ENTDECKEN

图书在版编目（CIP）数据

原来中国长这样 /（德）张云刚等著. -- 成都：四川人民出版社, 2025.6. -- ISBN 978-7-220-12954-4

Ⅰ. I516.65

中国国家版本馆CIP数据核字第20253LG531号

YUANLAI ZHONGGUO ZHANG ZHEYANG

原来中国长这样

[德]张云刚　潘昊琰　海　洋　等/著

策　　划	周　青
统筹组稿	骆鹤凌　熊　洋　冯舒怡
指导专家	秦　莉　陈　果
责任编辑	蔡林君　石　龙　母芹碧　汤　梅
特约编辑	张未雨　江爱妮　盛慧子　周蕙杨
封面设计	丁末末
版式设计	张迪茗
责任校对	蓝　海
责任印制	周　奇
数字资源	周　可　马　浩　何　涛　马小飞
图片提供	德国驻华大使馆　"汉语桥"组委会　德国伯乐中文合唱团 四川新华乐知文化科技有限公司　轩视界　汇图网
策划支持	四川新华乐知文化科技有限公司
出版发行	四川人民出版社（成都市三色路238号）
网　　址	http://www.scpph.com
E-mail	scrmcbs@sina.com
新浪微博	@四川人民出版社
微信公众号	四川人民出版社
发行部业务电话	（028）86361653　86361656
防盗版举报电话	（028）86361653
照　　排	四川胜翔数码印务设计有限公司
印　　刷	成都市东辰印艺科技有限公司
成品尺寸	170mm×240mm
印　　张	17.25
字　　数	180千
版　　次	2025年6月第1版
印　　次	2025年6月第1次印刷
书　　号	ISBN 978-7-220-12954-4
定　　价	88.00元

■版权所有·侵权必究

本书若出现印装质量问题，请与我社发行部联系调换

电话：（028）86361656

张云刚（Yungang Zhang），德国伯乐中文合唱团团长。德国多特蒙德市莱布尼茨文理中学中文教师、英语教师；北威州教师培训中心中文学科带头人，负责全州中文师资培训及第二次国家考试工作；联邦州公务员，教育督导。

2022.05   中国·成都 / Chengdu, China.

Ivan / 潘昊琰

Ich bin Anfang 2022 in China angekommen. Seitdem arbeite ich hart daran, Chinesisch zu lernen, um mich auf mein bevorstehendes Studium vorzubereiten.
Ich liebe mein Leben hier, also sage ich es noch einmal, wie ich es immer tue.
China verwirklicht Träume!

我是在2022年初到中国的。从那时起,我一直在努力学习中文,为即将到来的学习做准备。
我爱我在这里的生活,所以我再次说,就像我经常做的那样。
中国成就梦想!

Ivan
潘昊琰

潘昊琰（Ivan Pavlovic），德国人，德国伯乐中文合唱团第三批成员。曾留学于四川大学，担任成都第31届世界大学生夏季运动会开幕式火炬手。他高大帅气，开朗善良，是个充满朝气的乐天派和运动爱好者。他喜欢与朋友一起踢足球、游泳、滑雪，最享受骑着电瓶车，穿梭在成都街头，寻觅美食与美景。这些有趣的经历，出现在他的文字中。在书中，他还写了去贵州旅游，以及乘坐高铁的感受。他在2017年参加国际友城青少年"看四川"夏令营时，在青城山与"道"字结缘，并在老君殿祈福，由此萌生了到中国留学的想法。而他与"道"字的故事，也是张云刚团长向每届学生"种草"中国时的必讲内容。

2024.06 中国·北京 Beijing, China.
Daniel/海洋

Das Erlernen der chinesischen Sprache hat mir ganz neue Möglichkeiten geöffnet und meinen Horizont erweitert.

学习中文为我打开了一扇新的门,扩大了我的眼界。

Daniel
海洋

海洋（Daniel Rakewitsch），德国人，德国伯乐中文合唱团第二批成员。北京大学国际关系专业硕士毕业，热爱阅读、善于思考，中文水平出色。他彬彬有礼且幽默风趣，擅长长笛、吉他等乐器，还乐于交友。海洋多次在大型文化活动中崭露头角，曾参加中央广播电视总台《经典咏流传》等节目录制，参与并主持中德建交五十周年中德青少年云合唱音乐会等活动，在合唱团备受瞩目。在书中，他分享了自己作为"活动达人"参加很多重要活动的经历。这些珍贵的经历，见证了他的成长。而他在中国的学习、旅游，也带给他不同的感受。他还在书中分享了自己去中国黄山感受到的水墨画般的诗意中国，去三亚冲浪看到的阳光明媚的活力中国。可以看出，作为留学生，他对不断深入认识和了解中国这个幅员辽阔的国家充满热情。

2024.03 中国·北京 Beijing, China.

Ben/韩皓轩

Während meines einjährigen Sprachstudiums in Peking habe ich die chinesische Kultur und Menschen kennengelernt und Peking ist wie ein zweites Zuhause geworden.

在北京学习语言一年里,我了解了中国文化和人民,北京就像我第二个家。

韩皓轩 (Ben)

韩皓轩（Ben Samuel Hanenberg），德国人，德国伯乐中文合唱团第三批成员。传说中的学霸，高中毕业时，他本可申请德国的顶尖大学，却选择前往北京首都师范大学读预科，后在清华大学继续学习。性格内向安静的他，做事认真严谨，留学第一年就很快适应了。在书中，喜欢旅游和摄影的他，不仅解锁了在清华大学的校园生活，还用文字和影像记录下在四川丹棱这个普通的县城，自己到中国老百姓家中做客时感受到的他们充满活力和热情的生活。他说，留学生活为自己打开了一扇看世界的大门。

2019.01　　　　中国·云南
　　　　　　　Yunnan, China.

Johanna/郭娅娜

Meine Zeit in China hat es mir ermöglicht neue Kontakte und Freundschaften zu knüpfen. Ich habe die wunderschöne Landschaft von Yunnan kennengelernt und mich in Kunming wie zu Hause gefühlt.

我在中国的时间让我结识了新朋友。我认识了云南的美丽风景，在昆明有宾至如归的感觉。

Johanna
郭娅娜

郭娅娜（Johanna Maria Großsteinbeck），德国人，德国伯乐中文合唱团第一批成员，《同一首歌》的第一代领唱。2018年高中毕业后，她到云南大学留学一年，喜爱云南的过桥米线和炸洋芋。她的研究生论文与其对云南普洱茶的调查研究有关。在书中，她向人们展示了亲历的梦幻滇西之旅，对云南独特的风情、物产、民俗和少数民族文化的热爱跃然纸上。她的文字，让人恍若置身云南大理热情的民宿，仿佛闻到普洱茶的醇香以及大理具有魔法效果的玫瑰花酱的香气。

2023.01 中国·上海 Shanghai, China.

Fernanda/梅若云

在中国的生活让我爱上了中国文化。

Das Leben in China brachte mich dazu, mich in die chinesische Kultur zu verlieben

梅若云
Fernanda

梅若云（Fernanda Meschede），德国人，德国伯乐中文合唱团第四批成员。性格温柔，美貌与智慧并存。她来中国一心学习法律，曾在南京师范大学和南京大学留学两年。尽管有人不理解她的这种选择，但她始终目标坚定。热爱旅行的她，常常在紧张学习的同时，不忘享受悠闲自在的生活，在绿地、街角、咖啡馆驻足，都能带给她美好的心灵感受。在书中，她描绘了从校园的日常生活中感受到的南京之美，也分享了和同学去广州过中国年的有趣经历。

2019.06 中国·上海 / Shanghai, China.
Robert/涂鸿羲

Ein Jahr in China hat mir geholfen,
meinen Horizont zu erweitern und neue
Kulturen und Menschen kennenzulernen.
在中国的一年帮助我开阔了视野,
了解了新的文化和人群!

Robert 涂鸿羲

涂鸿羲（Robert Turovskyy），德国人，德国伯乐中文合唱团第二批成员。从小就练习游泳和水球，2018年高中毕业后到同济大学留学一年。在书中，他讲述了自己作为来自一百七十多个国家的多元化留学生大家庭中的一员的宝贵经历。他不仅成为同济大学的运动明星，还担任了水球队的编外教练。

2019.07　　　中国·成都
　　　　　　Chengdu, China.

Maximilian / 孔浩

Durch das Erlernen der chinesischen Sprache habe ich viele interessante Menschen kennen gelernt und viele gute Freunde gefunden.

通过学习中文，我认识了很多有趣的人，并结识了很多好朋友。

Maximilian

孔浩

孔浩（Maximilian Kölges），德国人，德国伯乐中文合唱团第一批成员。2016年高中毕业后，他去广西桂林支教一年，担任英语老师。在支教过程中，他深入了解中国老百姓的情感模式和生活状况，努力去激发当地孩子们学习英语的热情。在书中，他讲述了支教时因文化差异造成误解的有趣经历，还有乘坐最普通的绿皮火车时，那种热闹又充满人情味的氛围带给他的别样感受。回到德国后，他学习新兴市场经济，专注于研究中国经济。

2024.04 中国·成都 Chengdu, China.

Alexander / 沙国强

Ich wünsche mir, dass noch mehr Schüler die Chance bekommen China kennenzulernen.

我希望更多的学生能有机会了解中国。

Alexander
沙国强

沙国强（Alexander Maximilian Sayem-El-Dahr），德国人，德国伯乐中文合唱团第一批成员，《让我们荡起双桨》的第一代领唱。2016年高中毕业后，他到云南师范大学留学一年。短短一年，他对校园周边美食"昆明味"如数家珍，对丰富多彩的校园社团活动娓娓道来。回到德国后，他学习的专业是东亚研究中国方向。

2019.04　　中国·上海
Shanghai, China.
Michael/马天宇

Durch das Erlernen der Chinesischen Sprache haben sich in meinem Leben neue Türen geöffnet, die es mir ermöglicht haben, eine neue Kultur und ein neues Land kennenzulernen sowie wertvolle Bekanntschaften zu schließen.

学习中文为我的生活打开了新的大门,使我能够了解一种新的文化和国家,并结识珍贵的朋友。

Michael
马天宇

马天宇（Michael Malyschkin），德国人，德国伯乐中文合唱团第二批成员。2018年高中毕业后，他到四川师范大学留学一年。在书中，他不仅记录了就读大学的城市——成都的美景、美食，以及造访中国佛教四大名山之一的四川峨眉山时，遇到猴子和游客互动的有趣经历，还分享了自己在中国过的不一样的生日。

2024.10 中国·上海 Shanghai, China.

Farah/阿芷若

Im Chor zu singen hat mein Interesse an chinesischer Kultur geweckt und mir viele schöne Erinnerungen bereitet.

在合唱团唱歌激发了我对中文的兴趣,给我留下了许多美好的回忆.

Farah
阿芷若

阿芷若（Farah Diba Adel），德国人，德国伯乐中文合唱团第四批成员。她初二就加入合唱团，高中毕业后，先到北京大学留学一年学习中文，后来又到同济大学进修一年。在书中，她不仅写了自己对北京胡同、古老建筑的探索，对这个超级大都市古老传统与时尚现代兼具的感慨，也像其他很多作者一样，对无处不在甚至应用于街边小摊的电子支付印象深刻。

INHALTSVERZEICHNIS

目 录

写在前面的话　001

德国伯乐中文合唱团　004

辑一　缘分的种子　015

- *017*　走进中国
- *025*　我与"道"
- *039*　从北京，再回成都的街头走一走
- *050*　桥在云端
- *059*　跨越山水：在桂林的支教时光

辑二　七彩校园　067

- *069*　记忆宝藏
- *074*　川大，我真的爱上了你
- *086*　无法被定义的一切
- *090*　我的清华生活
- *100*　温馨与眷恋

- *106* 完美搭配
- *111* 他们像一团火

辑三　远方的家　117

- *119* 享受夏天
- *128* 秋天落在长椅上
- *136* 外面的世界很精彩
- *147* 第二课堂
- *159* 体验"川味"
- *166* 藏在城市中的老胡同

辑四　深读中国　171

- *173* 黄山：看见的，想看见的
- *182* 名不虚传的"复兴号"
- *188* 在三亚，放空自己
- *194* 三人行
- *200* 三十一分之一的美好回忆
- *207* 多彩的滇境
- *216* 橘子味的时光
- *227* 春节气象

后　记　243

我希望更多德国孩子有机会走进中国，也希望更多中国孩子有机会来到德国。这种交流，不仅是语言文化的交流，更是心灵的碰撞。

张云刚

我与"道"

而此刻，我清楚地意识到，这条正确的路，就是我要继续把汉语学好，在中国找到我心中那个真正的"道"，追寻属于我的人生价值与梦想。

潘昊琛

走进中国

现在，中国已成为我的第二故乡。这里有太多的奋斗足迹，也记录着我的点滴成绩。

海洋

无法被定义的一切

如果仅仅去过四五个省市，就轻易定义中国，那就太轻率了，因为中国就像一个巨大的万花筒，永远有看不完的精彩。

涂鸿豪

跨越山水：在桂林的支教时光

这段支教时光让我体会到德国与中国之间文化习惯的一些差异，也收获了很多感动和温暖，有时候我会觉得自己并不是异乡的独行者。

孔浩

我的清华生活

天到中国,我的眼界变得更宽广,中文能力在磨砺中
进,自己也从懵懂走向从容。

萧皓妍

秋天落在长椅上

看见树叶被风吹落在长椅上的缤纷,
我感觉仿佛南京的秋天落在我的长
椅上;好像也正在告诉我,一个和德国
不同的季节故事。

梅若云

完美搭配

校园生活就是这么丰富多彩,紧张忙碌的学习和
轻松惬意的课后时光完美搭配,就像一场和
谐的交响乐,让我每天都过得有滋有味。

沙国强

温馨与眷恋

在和中国人相处的过程中,我们既能
坦诚地交流德中文化之间的差异,又总
能惊喜地发现许多共通之处。

郭娅娜

体验"川味"

这些在中国的经历,
记录着我的成长与收获,
也饱含着我对中国
文化的热爱与敬意。

马天宇

藏在城市中的老胡同

胡同真是一个神奇的地方。它将现代的
活力与传统的习惯完美地融合在一起。

阿芷若

在前面的话 / 张云刚
VORWORT

  2024年圣诞节，我欣然得知，历经两年多时间的努力，我带领的十位德国伯乐中文合唱团成员撰写的关于他们留学中国的故事，即将在中国出版。作为合唱团团长兼他们的中文启蒙老师，我曾多次带领他们往返中德两国。看到他们用中文写下的这些感人的留学故事即将出版，我由衷地为他们感到骄傲。

  这些文字记录的他们的亲身经历，给我留下了深刻的印象。讲述的故事很多聚焦于他们留学中国的第一个学年，有着丰富的细节与鲜活的感受。我看到这些年轻人，从德国出发，带着不同的文化背景，逐渐融入中国的大学生活。他们深入了解所在城市的美景、美食、民俗和历史文化，还前往中国不同的地方旅行或参加活动，探索那里的风土人情以及中国老百姓的生活情状。

  让我倍感欣慰的是，这些孩子笔下所描绘的在中国的经历，带给了他们美好、温暖和难忘的记忆。作为老师的我还清晰地记得，十年前，彭丽媛教授访问德国伯乐中学时的情景。她针对如何提高中文发音水平，鼓励学生们通过"唱歌学中文"。当时，这些孩子的脸上还透着稚气，带着几分青涩。十年后，孩子们通过唱歌这种方式，中文进步很大，也变得自信和成熟。这本书就是他们成长的见证，他们能用中文写下自己的故事。我想，不了解他们的人，在阅读了这些留学生活中的所见所思后，也会对他们在中国的留学生活，特别是因不同文化背景而发生的趣事，有更为直观和感性的了解。在这些文字中，他们没有回避自己遇到的因文化差异带来的理解沟通障碍、学习压力，真实呈现了自己的思考和感受。

我相信，这些文字拼接在一起，会像一幅幅充满生动细节的素描，对希望去中国留学的年轻人在心理准备和认知准备方面提供很大的帮助，能快速地帮助大家建立留学中国的生活场景感。

这些文字，也让我这个远离故土多年、生活重心已在德国的中国人，近距离读懂了当下的中国。原来，当下的中国，已经变成这样。这本书，启发我以一种整体化的视角，来看待历史文化悠久的中国、我所经历的中国以及当下的中国。我相信，这本书可以为那些关注中国和希望研究中国的人，提供一个能够具体又深入了解其当下生活样貌的小小窗口。

阅读完这些充满真挚情感的文章，我望向鲁尔河畔，思绪如流淌的河水般涌动。太多话想说，一时却不知该如何下笔。书中最令我动容之处，是学生们在字里行间流露出的对在中国遇到的美好的人、事、物的细腻感悟。他们用真挚的笔触，书写了在人生旅途中邂逅的普通中国人的热情、好客与善良。而那些生动感人的细节，会像一颗颗璀璨的明珠，镶嵌在他们的记忆之中，终生难忘。

这也让我想起自己在德国生活二十余载，尽管是一个"外国人"，却依然能时时感受到德国人严肃外表下所蕴含的热情与善良。这种跨越文化与地域的温暖善意，让我深受触动，也让我坚信，不同国度和文化背景的人们，人性深处的那种质朴、善良和美好，是上天赐予人类最珍贵的礼物。

我看到德国伯乐中文合唱团的这些孩子们，从与中文结缘的那一刻起，便踏上了一段非凡的旅程。他们跨越重重障碍，以顽强的毅力攻克语言的难关，怀着赤诚之心，去深入了解中国文化和中国社会。他们的努力与付出，让我深受感动，也让我看到了文化交流与理解的力量。就像我在德国的经历一样，孩子们在中国的留学生活和经历，必将为他们未来的生活带来宝贵的财富。

我希望更多德国孩子有机会走进中国，也希望更多中国孩子有机会来到德国。这种交流，不仅是语言和文化的交流，更是心灵的碰撞。每一种真诚的了解和融入，都是朝向未来和平而美好的闪光，代表着美美与共、和而不同的可能。我们应该相信，人类可以通过彼此的关爱与影响，通过不懈的追求与努力，从不同文明中汲取智慧，从不同文化中寻找共鸣，通过借鉴和改变让我们生活的世界变得更加美好而灿烂。

德国伯乐中文合唱团
CHINESISCH-CHOR AN DER BURG

♪ 2014年

♪ 2015年

德国伯乐中文合唱团　　　　　　　　　　　　　　　　　　　　　　　· 005

♪　2016年

♪ 2017年

德国伯乐中文合唱团

2018年

♪ 2019年

德国伯乐中文合唱团

♪ 2021年

原来中国长这样

♪ 2022年

德国伯乐中文合唱团　　　　　　　　　　　　　　　　　　• 011

♪ 2023年

春暖花开时，伯乐十年
中德青少年文化交流音乐会

♪ 2024年

德国伯乐中文合唱团

辑 一

Schicksalsband

缘分的种子

HARMONIE IN FREMDEN TÖNEN
原来中国长这样
CHINA DURCH MUSIK ENTDECKEN

走进中国

我与中国的缘分就像一颗悄然种下的种子,在我读伯乐中学的第一年便开始生根发芽。那时,读高一的我,怀着对未知世界的好奇与探索欲,选修了中文课。中文独特的方块字和发音,仿佛有一种神秘的魔力吸引着我。而自幼学习长笛、热爱音乐的我,在得知学校有一个合唱团——伯乐中文合唱团后,便积极地加入其中。在此之前,我一直认为中国非常遥远,无论是在地理距离上还是在心理认知上,都好似隔着一层朦胧的纱幕,很难想象,有一天我真的可以到那里。

2016年10月,对我来说是一个具有特殊意义的月份。我们伯乐中文合唱团,作为德国唯一一支由中学生组成的中文合唱团,踏上了前往北京的游学之旅。这是我第一次真正意义上来到中国,内心的激动与期待难以言表。最让我难以忘怀的是,彭丽媛教授在钓鱼台国宾馆亲切地接见了我们。在那次会见中,我怀着紧张又兴奋的心情,用长笛演奏了中国著名的乐曲《梁祝》,得到了她亲切的鼓励,这让我感到无比温暖。在北京游学期间,我深深地感受到了中国文化的无穷魅力和中国人民的热情友好,我对中国的情感也从单纯的好奇,开始逐渐变为一种深深的喜爱与敬意。

高中毕业后,我有幸获得了留学奖学金,在四川师范大学学习一年中

♪ 2016年10月19日，海洋（右二）在北京钓鱼台国宾馆演奏《梁祝》

♪ 2018年7月13日，潘昊琰（左二）、涂鸿羲（左三）和海洋（左一）等在认真阅读彭丽媛教授的回信

文。在这里，我真正开始了沉浸式体验中国文化和生活。每一天，我都穿梭于校园中，与中国的老师和同学们一起学习、交流。课余时间，我会和同学们一起参加各种社团活动，体验中国传统的书法、绘画、剪纸等民间艺术。我还会和朋友们一起去品尝当地麻辣鲜香的美食，这也让我对中国饮食文化的多样性和独特性有了更深刻的认识。在与中国朋友的交往中，我发现他们热情、友善、真诚，总是愿意帮助我解决生活和学习中遇到的各种问题。他们的家庭观念非常浓厚，对长辈尊敬有加，这种和谐融洽的氛围让我感到无比温暖。与欧洲文化相比，中国文化更加注重集体主义和人际关系的和谐，人们之间的相互关心和帮助让我感受到了一种浓浓的人情味和归属感。慢慢地，我在这个陌生而熟悉的国度里，找到了一种久违的缘分和家的温暖。那是一种很难描述的感觉，我甚至说不清楚某个地方哪里好，或者为什么渴望去某个地方。也许，是因为那些美好的回忆已经深深地烙印在我的脑海里，成为我生命中不可或缺的一部分。

一年的留学生活转瞬即逝，当回到德国开始本科学习的时候，我就暗暗下定决心，一定要返回中国。那个遥远却充满魅力的东方国度中，仿佛有一种无形的力量在牵引着我。

于是，我更加努力学习，希望未来能够到中国最好的大学攻读研究生。我想起高中的中文老师——张云刚老师多次给我们讲起北京大学，那是一座历史悠久、学术深厚的中国顶尖大学。而我步入本科学习阶段后，对国际关系领域产生了浓厚的兴趣，恰似在知识的密林中找到了一条熠熠生辉的小径。我便开始在网上搜索并学习北京大学国际关系方面的课程和讲座，渐渐地北京大学就成了我梦想中的学校。

作为留学生，前往北京大学攻读研究生其实有两种选择：一是中文授课，二是英文授课。我一开始倾向于选择英文授课，毕竟中文对我来说并非母语，我担心自己的中文水平不够，害怕自己学不下来。但后来张老师的一番话让我豁然开朗："如果你在中国还用英语学习，那跟在欧洲上学又有多大区别呢？"这让我开始重新审视自己的选择。虽说内心深处很赞同张老师的观点，可一想到要用中文去应对高强度的研究生课程，一种畏惧感便爬上心头。

大一下学期，张老师帮我制订了一个中文学习计划。这一方面是为了我达到申请北京大学需要的中文水平考试（HSK）六级要求，另一方面也是为了帮我克服对中文授课的畏惧心理，相当于"量身定制"。从此，每天除了完成德国大学的专业课程，我还得争分夺秒地备战HSK。那些日子里，中文字词、语法、课文填满了我的课余时间，我在中文的海洋里奋力遨游。

为了鼓励我，老师还建议我报名参加第十九届"汉语桥"世界大学生中文比赛。这无疑是一个充满挑战的征程，我怀揣着勇气踏上赛场。在德国赛区的角逐中，我幸运地摘得了桂冠。这也让我信心倍增，开始向着全球总决赛发起冲刺。历时半年，在一轮轮的比赛中，我对中文、中国文化的认识有了巨大的飞跃。每一次比赛，都是对中文、中国文化深度挖掘的过程，从中我了解到中国诗词歌赋背后的浪漫情怀，知道了很多传统习俗里蕴含的人文精神，对中国文化有了全新的认识。最终尽管获得全球第二

♪ 2020年10月，海洋（右）代表德国参加第十九届"汉语桥"世界大学生中文比赛三十进十五的小组赛辩论赛场

名，与冠军失之交臂，我心中难免有些遗憾，但那一段学习中文、享受中文、爱上中文的旅程，成为我人生中宝贵的记忆。之后，我高分通过HSK六级，这极大地增强了我进一步学好中文、前往中国的信心和决心，更让我感觉自己离北京大学又近了一步。

在本科阶段的专业学习上，我一刻也不敢放松。功夫不负有心人，最终我以优异的成绩按时完成德国本科的学业，并顺利获得中国政府奖学金，如愿进入梦寐以求的北京大学国际关系学院攻读硕士研究生。

再次来到中国，这片让我日思夜想的土地，我开始更深入地去探寻这

♪ 2016年10月，德国伯乐中文合唱团成员（左一涂鸿羲，左二马天宇，左五海洋）在北京游览居庸关

♪ 2021年4月，海洋在德国杜伊斯堡港"渝新欧"铁路上拍摄视频《移动的汉字》

个偌大的国家的奥秘。我对中国的高楼大厦和大都市非常感兴趣，那些拔地而起的建筑，像是城市的巨人，见证着时代的飞速发展。空闲时，我经常登上屋顶，俯瞰城市。随着所处高度的变化，城市风景也像画一样随之发生变化，我会用相机定格下这一帧帧令人惊叹的画面。后来，去到中国不同的城市，例如杭州、上海、成都、广州，我也会这么做。在不同城市、不同高度拍摄的照片，汇聚成了我眼中多彩的中国，也让我以多种视角看待眼前的世界。

在北京大学，未名湖是校园内最大的人工湖。但我常听别人说："未名湖是个海洋。"开始我还有些不理解，后来才渐渐明白，这里汇聚了来

♪ 海洋喜欢北京大学的未名湖——像一个包罗万象的知识海洋

自五湖四海的思想浪潮，汇集着兼容并包的学术观点，像一个包罗万象的知识海洋。有时我会跟他们开玩笑说，现在，"海洋"也来到了未名湖。我从最初课堂上的紧张、茫然，到后来学习时的自信、从容；从初来时的孤独、陌生，到后来与老师同学们相处时的和谐、包容，积极参加校内外各项活动。我想，无论是海洋，还是未名湖，它们都广纳百川，开放包容；也如同宽广美丽的汉语之桥引领着我和众多留学生一步步走进中国，开启我们多彩的文化交流之旅，让我们和更多的人一起，奔赴自己的梦想，创造人类共同的未来。

现在，中国已成为我的第二故乡。这里有太多我的奋斗足迹，也记录着我的点滴成绩。我深深地感谢这里给予我的一切，它们是我与中国、与北京大学之间"缘分"的最好见证。我也希望，未来的我继续认真学习，将所学所得转化为实践力量，努力成为德中乃至欧中友好交往的使者，在国际文化交流的大舞台上绽放属于自己的光芒。

（文/海洋）

我与"道"

在和中国的同学们交流时,我被问到次数最多的问题就是:"你为什么要来中国留学?"

这一切,得从2017年读初三时讲起。教我们班英语的是张云刚老师,谁都没有想到这位老师竟会成为我与中国缘分的"播种人"。

跟着张老师学了一年的英语,在放暑假前不久他带来了一个令人心动的消息。他问我们是否想和高年级的学长学姐一起去参加中国的夏令营。他的话,立刻引起了我的极大兴趣,我简直是迫不及待地想要去了解中国这个国家。我的父母得知这个消息后,也非常支持我。尤其是我的母亲,她是塞尔维亚贝尔格莱德人,对中国有着天然的好感。平时我们也听说了很多中国的事情,当有机会可以真正去看看时,我和家人们当即决定:"去!"

暑假一开始,我和同学们在张老师的带领下,像一群欢快的小鸟,飞向中国成都参加"看四川"夏令营。当我们的飞机落地成都,立刻就被眼前的一切所震撼,巨大规模的机场、充满现代感的智能设施、目不暇接的海报,等等,可以说其中大部分都是我从未见过的新鲜的东西。

在乘车前往酒店的途中,我不停地往外看,生怕错过沿途任何一道

♪ 2017年7月,潘昊琰参加国际友城青少年"看四川"夏令营时体验"花轿"

风景。居民楼、商场等城市建筑对我来说是如此迷人和新鲜,尤其是那些现代与传统相融合的建筑。在我生长的地方,建筑风格大多较为单一,要么是古朴典雅的欧式风格,要么是简洁冷峻的现代风格,很少能见到如此独特而又和谐的画面。成都给我留下了极为深刻的第一印象。

而成都给我的惊喜,远远不止视觉上的。成都的饮食也一次次地让我感到意外和惊喜。中国南北方饮食风格完全不一样,成都地处中国的西南部,麻和辣是当地美食的主要特色。在短短的几天时间里,成都的美食拓宽了我对烹饪的认知。在我的饮食习惯里,食物口味多偏向清淡、简单,烹饪方式也较为单一,而这里的美食用

♪ 2017年7月，潘昊琰（第一排左二）、马天宇（第一排左一）参加国际友城青少年"看四川"夏令营时与川剧演员、当地学生合影

♪ 2017年7月，潘昊琰（左七）、马天宇（左五）和德国伯乐中文合唱团其他成员一起参加国际友城青少年"看四川"夏令营时合影

了多种香料和不同的烹饪方式，将味觉层次演绎得十分丰富，实在是让我大开眼界。刚开始我不能很快适应麻辣味，对我来说，那个味道，刺激得有时受不了，但等那个麻辣劲过了，又很想回味，想去再次尝试。所以后来，我每次去成都，都会忍不住尽情享受川菜的麻辣带来的味觉冲击。

夏令营期间，每天从早到晚都安排了非常丰富的活动。其中，参观不同的寺庙和道观的经历尤为独特，而最让我难忘的就是参观中国道教四大名山之一的青城山。

那天天气很热，可这却丝毫没有影响我们登山的热情。起初，我一路快走，兴致勃勃，但随着海拔上升，我越来越吃力，T恤衫也湿透了。尽管如此，对登顶的好奇心，为我提供了巨大的能量，驱使我不顾一切地加

♪ 2017年7月，潘昊琰（左一）在参加国际友城青少年"看四川"夏令营期间体验四川火锅

快脚步。很快我就把其他人远远地甩在后面,根本看不到他们;我一直往前冲,一心想成为第一个到达顶峰的人。

爬到山腰时,一片建筑闯入我的眼帘。我只想着尽快登顶,也没有多做停留,只是匆匆扫了一眼,便又一心寻找继续上山的路。可我在周围绕了半天,也没有发现能继续前进的路,只好原地休息等待其他同学和老师。过了一会儿,当我看到张老师和同学们时,张老师正指着一个汉字给大家讲解。我走到他们面前,迫不及待地告诉他们前面已经没有路通往山顶了。张老师听后,忍不住笑了起来,那笑容里仿佛

♪ 2017年7月,潘昊琰在青城山与"道"合影

藏着我不知道的秘密。他指着刚才讲解的那个字,对我说,这都是因为我不知"道",并提出要给我拍一张照片。

我仔细看着那个大大的汉字——"道",由于当时还不太会说中文,对这个字的笔画都不了解,更不懂它究竟有着怎样的深意。张老师耐心地

向我解释，这个"道"字有"路"或者"径"的意思。他语重心长地告诉我，我之所以找不到通往山顶的路，是因为我不知"道"，而这头脑里的路和心里的路，其实都能带我们通往山顶。

说实话，对张老师的话我一知半解。随后，他带着我们走进"道"字背后一条非常隐蔽的小巷子，继续往上爬。神奇的是，穿过那条小巷子后，眼前豁然开朗，真的就是后来我学到的诗句"柳暗花明又一村"蕴含的意思了。走了好一阵子，我们才到达山顶的老君阁。我瞬间被眼前的美景吸引。放眼望去，那种"一览众山小"的感觉油然而生。再低头看看来时的路，满是成就感，我真为自己能找到那条通往山顶的"道"而感到高兴。

我相信你一定想知道，当张老师解释我为什么找不到路时，我在想些什么。说实话，那时的我，一心都是对新奇景色的追逐，对张老师的话并没有过多深思。

后来，这个故事好像成了张老师每年给新学生必讲的"经典"故事，他总会把这段经历分享给新的学生。而这个故事真正的美妙之处，我却是几年后才逐渐明白。其实老师说的这条路，不仅是通往山顶的路，也是我心中的路，更是我整个人生的路。

我高中毕业时最大的梦想就是申请奖学金到中国留学，但是由于那一场突如其来席卷全球的新冠疫情，我的希望落空了。我心里很憋屈，觉得过去为留学所做的一切努力都白费了，不知道该如何迈出下一步。我被困于一种不确定的生活中，对未来感到非常迷茫。

经过很长时间的认真思考后，我渐渐明白，必须静下心来，审视自己的内心，找出真正想要追求的东西，找到属于自己的人生道路，只有这样才能摆脱困境，继续前行。那一刻，我脑海中突然闪过2017年那一幕，张老师关于"道"的话如同一束光，瞬间驱散了我心头的迷茫，让我再次拥有了当时那种豁然开朗的感觉。

于是，我满怀感慨地写信给张老师，告诉他我终于领悟了当年他所说的话的深刻含义。我要找到人生中正确的路，像当年渴望成为第一个到达顶峰的人一样，坚定地朝着目标前进。而此刻，我清楚地意识到，这条正确的路，就是继续把中文学好，在中国找到自己心中那个真正的"道"，追寻属于我的人生价值与梦想。

我留学的四川大学真的很美，学校所在的城市——成都，更是一个如诗如画的地方。

成都是一座公园里的城市，到处都是绿绿的树、美丽的花。独具特色的现代街区展现着时代的活力与时尚。同时，在这些现代化的背后，还巧妙地隐藏着许多被精心呵护、传承千年的文化遗迹，古老的庙宇、历史悠久的街巷……它们仿佛在无声地诉说着以前的故事，现代与传统在这里碰撞、交融。

在成都日常出行，我最喜欢的是骑电瓶车，因为骑电瓶车不仅方便，还能避开拥挤的交通，让我很快熟悉道路。这里大街小巷，都有树和花，还有供人休息的绿地。在街边闲逛时，经常看到一些花园、雕塑，还有涂鸦墙，它们都给城市增添了许多趣味。

然后是打车。这里的打车费用十分亲民，车内环境整洁舒适，让人心情愉悦。最让我难忘的是，和出租车师傅们聊天。他们热情好客，会问我一些简单的问题，这对我来说正好也是练习中文的好机会。如果遇到听不懂的难词，我便迅速拿出手机查询一番，就这样，在一来一往的交流中，我的中文词汇量悄然增长，也越发想了解这座城市的日常生活。

我出行的第三个选择当然就是坐地铁了。成都地铁网络四通八达，已经开通了十几条地铁线路，从地点A到地点B简直太方便了。

成都在市内和郊外，建有多条自行车道。有的自行车道就修在湿地公园边，有的甚至是公园的一部分。这让人在骑行时既能享受运动的快乐，又能一览公园的美景。

有时，我会骑着共享单车在学校附近的公园或绿地间穿行。这里，空气似乎格外清新，春天经常可以听到很多鸟儿在树梢上唱歌。沿着河边步道骑行，会看到沿途美丽的风光。成都的春天经常下雨，空气中散发着湿润的气息。道路两旁，很多叫不出名字的花。白色的花、粉红色的花……与嫩绿的草地相互映衬，就在身边。这美景和我家乡德国埃森不一样。埃森的绿好像比成都的绿更深沉，那里树木大多高大挺拔，像在森林中才能见到的大树，给人一种庄严之感；而成都的绿，偏清新淡雅，充满了生机趣味。如果走累了或者骑累了，想要稍作歇息，在绿地旁总能轻易寻到供人休息的长椅；还可以在一些类似小广场的地方，找到小卖部。那里，有咖啡、可乐等饮料和各种零食售卖，和学校里的小卖部差不多。有的小卖部前的空地上放着桌子和椅子，供人休息，以放松身心。

♪ 潘昊琰骑着共享单车欣赏四川大学附近的风景

♪ 潘昊琰喜欢这种有创意的竹制自行车

辑一 缘分的种子

成都到处都有这样的小细节，透露着这座城市对生活品质的追求、对居民与游客的关怀。成都人也很会享受生活，一切都被规划得很好，不管是步行还是骑行，都能感受到那份贴心与便利。在路上行走或骑车的本地人，看见我这个"老外"时，有时会眼中含着笑意主动向我打招呼，一声亲切的"hello"，瞬间拉近了彼此的距离。虽然大多数本地人性格含蓄，不会贸然与陌生人打招呼，但这偶尔的问候，已让我深深感受到这座城市的亲切与包容。尤其当你在这个地方还是一个"新人"时，这是让人感到很温暖的。

我在绿地周边的植物中，还看到了竹子。对！就像大熊猫吃的那种竹子。起初，我并未过多留意它，直到后来，我遇到了环保型自行车，尤其是那独具创意的竹制自行车，才让我对竹子产生了浓厚的兴趣。经朋友介绍，我认识了一个很能干的年轻人。他热衷于环保事业，凭借着对竹子特性的深入了解以及精湛的手工技艺，在成都这个盛产竹子的宝地，创造性地打造出了竹制自行车。你能想象吗？原本看似普通的竹子，在他的巧手下，摇身一变成了兼具环保理念与设计感的交通工具。我果断地购买了一辆竹制自行车，因为我很喜欢这样有创意的环保产品。

在成都的日子里，从出行方式的多种体验，到对自然景观、人文风情的深入探索，再到与本土文化、创新理念的亲密接触，我一点点地被这座城市所打动，它吸引着我不断深入探寻。

留学的第一年，能说一口流利的中文是我最大的目标和梦想。所以，在四川大学，我主动在校园的人群之中，努力去认识、结交每一位同学，抓住一切机会开口说中文，尽一切可能不说英语，全身心沉浸在中文的语境里。这也是和在自己的国家生活不太一样的地方。在自己的家乡，人与人之间的交往多是顺其自然，我很少会特意地想要去主动结识陌生人、融入某个群体或是交朋友，一切社交互动都随着日常节奏自然发生。但留学时大环境彻底改变了，身处陌生的他国，便不自觉地渴望着结交新朋友。有时候，当你自我感觉在融入方面做得还不错，也不一定代表着会事事顺利，独立生活在异国绝非易事，这也是远离家乡后，生活带给我的别样体会。

在与成都本地人的接触过程中，我总能感受到他们对这座城市发自内心的热爱与自豪。他们会热情洋溢地向你介绍成都优美的环境，而谈到美食，无论是热辣的火锅，还是风味独特的串串，那份对家乡味道的骄傲都溢于言表。他们还为四川人乐观又坚强的性格而感到自豪。这点真的很有趣，我也真心觉得他们好多人都特别乐观开朗。

在这里，我逐渐有了越来越多的熟人和朋友。当我们在外面遇到的时候，他们总会热情地向我发出邀请："走，伊万老板，去喝茶！""伊万老板，我们要去喝咖啡，你也来嘛！"

说起"伊万老板"这个称呼，还有一段有趣的小插曲。那是一次和张老师聊天，当时我的中文水平还不太好，在交流中慌乱之下不知怎么就组合出了这个称呼；本以为会有些尴尬，没想到张老师听后哈哈大笑，而成都的朋友们似乎也很喜欢这个称呼。此后，每当我介绍自己是"伊万老板"时，总能收获对方脸上的笑容，真希望他们不要以为我是来中国故意搞笑的，我只是真心想融入大家罢了。

校园周边的咖啡馆和茶馆都价廉物美，是社交活动很不错的地方。学校周围还有很多好吃的小馆子，我也经常和朋友们去吃。慢慢地，这种与朋友在校外聚餐、见面的活动，融入我的日常生活。在德国时，生活节奏和社交习惯让我很少有这样的体验，如今却沉浸其中，乐此不疲。

我很感激高中时期在伯乐中文合唱团的经历，它让我留学时，能够更快融入一些当地的活动，结识一些校园外的朋友。正是因为有了对中文歌曲的热爱和合唱训练，我在面对中国朋友时多了一份自信与亲近感，与他们交流起来也更加顺畅。

♪ 2022年9月，潘昊琰（左一）参加中德建交五十周年"中德青少年云合唱音乐会"在成都录制表演视频间隙，与中国学生聊天、讨论

在众多朋友中，骆先生给我留下了极为深刻的印象。他是张老师的朋友，个头小小的，性格温和友善。他多次邀请我去参加与中国学生的文化交流活动。每一次，他都会给我或其他留学生带一些特别的礼物，比如富含文化特色的美食或小礼品，然后顺便给我们讲一讲这些特色小礼物的来龙去脉。骆先生不仅懂音乐，而且对中国的方方面面都很了解，总是乐于在我和其他留学生探索中国的道路上带给我们帮助。通过与他的相处，我更深入地了解了中国文化的一些知识和中国人的一些思维方式。我也从他身上感受到中国人特有的温和，还有那种谦逊和彬彬有礼。可以说，他和张老师一样，为我勾画出一个书本之外生动的中国，促进了我对中国的认知和理解。

在骆先生邀请我参加的文化交流活动中，我结识了一群十五六岁很有青春活力的中国学生。每次活动只要有唱歌环节，他们都会提前做足准备。他们对我充满了好奇，有的想和我练习德语、英语，有的问我很多关于德国的问题，其中有几个还向我了解了德国学生的情况。他们的热情、努力和活泼给我的感觉非常好。与德国学生相比，他们似乎对自己的目标更加明确，对知识和外面世界的渴望也很强烈。

他们还教我写毛笔字，这可是中国传统文化。我发现他们十多岁就能写得那么好，所以特别紧张。我照着他们的教导，一笔一画认真书写，可结果总是不尽如人意，纸上的字歪歪扭扭的，写出来的效果就是和他们的不一样。但我很喜欢这些体验，它们让我切身感受到中国文化的博大精深和独特之处。

♪ 2022年9月，潘昊琰在成都云端参加中德建交五十周年系列活动时，用毛笔书写"乘着歌声的翅膀"

我特别喜欢和中国学生交流。此后，我又陆续参加了许多很好的交流活动，每一次收获都很大，结识了不少的新朋友。

留学期间，我也去过几次上海，那座国际化大都市展现了现代都市的极致繁华。但成都给我的感觉更好，街边有很多小摊、茶室……总让人不由自主地想放慢脚步去体验。在我心里，这样的城市更有烟火气，更适合生活。在这里越久，对这座城市就越喜欢，尤其是随着学习和生活经验的积累，我发现成都真的很适合我。它给人的感觉是现代的，又是古老的；是亲切的，又是神秘的；是安静的，又是热烈的。它一直在散发着一种迷人的魅力，让人流连忘返。

（文/潘昊琰）

从北京，再回成都的街头走一走

和小潘在成都碰头，这事让我特别高兴，给我在北京的忙碌生活带来了一抹舒缓的亮色，成了我紧绷神经的缓冲。

说起我和中国的缘分，成都是我沉浸式了解中国的第一站。我在四川师范大学扎扎实实学了一年中文，每天和方块字较劲儿，努力学着用中文表达自己的所思所想，感受着这座城市的独特韵味。后来我返回德国继续大学学业，可心里始终惦记着这个充满魅力的地方。再来中国时，我幸运地叩开了北京大学的校门，开启了又一段全新的求学之旅。

在北京，和本地人聊天，常常会遇到有人问："你在哪儿上学？"一听我是北京大学的，他们的眼睛瞬间就亮了，立刻来了精神，滔滔不绝地告诉我，在中国能考上北京大学的孩子那可都是学霸中的学霸，是家长们口中"别人家的孩子"。我只好略带羞涩地解释："我是国际生，也许好些方面与这些'学霸'都还有不小的差距呢。"而对方往往仍是一脸善意，甚至竖起大拇指，笑盈盈地夸我："那也很厉害呀！"

现在你知道顶着北京大学的光环学习，压力"山"大了吧。不敢说当"学霸"，至少不能让自己成"学渣"。另外，心里也想着要为德国人争口气——以前我觉得留学完全是自己的事，来北京久了，思维也跟着国际化了。

♪ 海洋在北京胡同里探索、游览

♪ 海洋在故宫城墙下留影

说起北京大学国际生的具体压力，最大的当然就是学习。我们的课程对中文水平要求很高。老师上课用中文，一堂课下来，要记的知识点特别多，课后作业也很多，尤其是写读书报告，真的很有难度。有时为了写好一份读书报告，需要花两三天的时间泡在图书馆里，查阅各种资料，逐字逐句地反复推敲，就盼着能交出一份满意的答卷。

虽然我们的中文水平都不错，但碰到古代汉语、历史这类课程，大家还是感觉很"头大"，学起来费劲，对一些难点的理解差不多是绞尽脑汁了。为了学好各门功课，我认真做了学习计划，更加合理地安排时间，尽量让自己的学习和生活有条不紊地进行。

除了学习，我也经常参加各种活动。北京超级大，虽然坐地铁挺方便的，但有时活动地点太远，也很耗时间。这么一折腾，把在北京的生活和成都的一比，那感觉可忙碌太多了。在学习、参加活动之余，我也意识到自己知识储备的不足，就像个永远装不满的小水桶，总觉得还有很多东西需要装进去。当然，北京也有让人舒服的地方，比如吃和住。北京大学有食堂、咖啡店，很大程度上能满足世界各地口味不同的留学生。宿舍楼环境也不错，设施齐全，住起来很舒心，让我们这些远离家乡的留学生心里有了更多家的感觉。

♪ 2024年6月，海洋在北京大学完成学业，于校门口拍摄毕业照

你可能很好奇，作为留学生，我在北京平时都吃什么。早餐我吃燕麦片，方便又营养。要是想换换口味，就去食堂，那里很热闹，油条、豆浆、烧卖……中式早餐种类很多。午饭和晚饭选择就更多了，有干煸鸡、鱼香茄子、砂锅饭、麻辣烫以及各种面条，每一道菜都做得特别棒，有时

看着琳琅满目的菜品，都不知道该怎样挑选了。如果晚上饿了，我会自己动手煮点东西吃，煮得最多的就是面条和饺子。在我眼里，这两种食物，简直就是美食界的天花板，深夜来一碗，有滋有味，瞬间让疲惫感消散很多。

北京大学的校园环境太美了，面积超级大。我曾拍过一个视频叫《北京大学的第一天》，那时我刚到北京大学，对校园和北京都还很陌生。从视频里，大家可以看到北京大学未名湖的美丽风光，还有当时我作为"小白"留学生的懵懂与好奇……那时我可完全没有想到，后来会忙成这样。对知识的渴求让我感觉自己像一部耗电量过大的手机，随时都在充电，却又怎么都充不满。这种状态似乎是一种惯性，很难停下来。所以，我一抓到机会，就赶紧飞到成都来看小潘。我知道，这儿能让我紧绷的神经松弛下来，给我的身心好好放个假。

小潘，德文名字叫Ivan，我也会叫他"伊万老板"，是我以前在伯乐中文合唱团的朋友。我们一起参加过很多活动，一起唱歌、排练，度过了许多快乐的时光。后来虽然大家各奔东西，但偶尔也会微信交流，分享彼此的生活。这次见面，我太羡慕他了，他在成都过得这么"滋润"，看起来已经完全适应了这座城市的生活节奏。

下了飞机，我们相视一笑，什么也不说，先向火锅店奔去。热辣滚烫的火锅一端上桌，香气四溢，点燃了我们的食欲。边吃边聊，我把在北京学业的压力、生活的忙碌一番"吐槽"之后，感觉真的轻松了很多。重新投入成都的怀抱，那带着丝丝甜味的湿润的空气，街头的景色……一切都

♪ 2022年7月，海洋（左）和潘昊琰（右）在成都初尝粥底火锅

还是那么亲切，唤醒我尘封的记忆，让我想起自己曾经在这里度过的美好时光，还有享受过的各种美食。那些日子，别提让人多快乐了。

小潘是个行动派，每天带着我到处转悠，像个导游似的，给我介绍沿途的风景、文化和美食。看他对街道的熟悉程度以及津津有味的讲解，便知道他在这里融入得太好了，已经俨然是一个成都人了。我们一路交流着各自学习和生活的情况，再加上身处成都这悠闲惬意的氛围，我的内心得到了前所未有的舒缓……我们在大街小巷品尝各种小吃，我把学方言、为各种活动要做的准备、看教材、看超厚的中文书暂时抛到脑后。说来也挺神奇的，我都没怎么特意复习，很久以前学过的四川话，自然而然地就回到了我的脑子中，甚至有些词句不知不觉就脱口而出了，这让我格外开心。

在这里，我的味觉也被深度唤醒。北京虽然也有麻辣烫，还是四川人开的店，配料据说都是从成都空运过去的，可吃起来就是没成都这么香。我心里一直在想为什么会这样，最后想明白了：在成都吃东西，心里没事，每一口吃在嘴里都是食物的本味；可在北京，心里一直惦记着学习、活动，吃饭匆匆忙忙的，味道自然就没这么好了。

小潘带着我去了好多地方，带我参观了他所在的大学——四川大学，校园很大很美，还带我去了很多以前不知道的好玩的地方。我都怀疑他是不是偷偷拿了本成都秘籍，怎么什么地方都知道，简直快成"成都通"了。他的四川话水平进步也很惊人，抑扬顿挫把握得那么好，还能听懂一些地道的方言，和当地人交流起来也很顺畅。

和小潘的朋友认识和交流后，我发现这里的留学生似乎更懂得享受生活，也特别热爱运动。当然，大家同样也很关心未来的学业、职业发展等问题，只是心态更加放松，不会把自己逼得太紧。在我北京的留学生圈子中，有来自日本、俄罗斯、阿富汗，以及一些非洲国家的同学，大家背景不同，怀揣着各自的梦想来到同一个地方，都在为实现自己的理想而拼搏，这一点跟成都的留学生是一样的。不同的是，北京的城市律动和人们的工作生活节奏显得更快一些。

我想，我有这种印象，也许是因为小潘他们还在读本科，没有研究生那么大的学业压力，状态相对轻松些。不管怎么说，他们这种无忧无虑、活在当下的状态，还真有点感染到我，让我觉得有时可以放下手头的事，放空一下自己，去享受当下的美好。

有一天晚上，我回到了母校四川师范大学。我是2019年前后在那里学习的，虽说才过去没几年，可感觉像过了好久。一进校园，我看到了以前的教学楼、宿舍楼和运动场，很多记忆涌上心头。我还特意重温了钢琴，当琴键被轻轻按下，琴声回荡在房间里的那一刻，我仿佛穿越到了过去。在北京，我要是想弹钢琴，就会专门去一个朋友那里，在学校我几乎没有时间去触碰钢琴。

当年的一切历历在目……母校周围环境也有了很多变化，修了很多漂亮的步行道，道路旁繁花似锦，交通也变得更方便了。母校就像成都的一个窗口，折射出这座城市的发展变化。

当更多的记忆细节在我脑海里复苏时，我突然意识到，我在北京想起成都的轻松舒服，其实是带着一层滤镜的，过滤掉了很多当初感觉困难的时刻。现在回头去想，那时的自己，刚来中国，语言能力有限，还有点害羞，不太敢开口与人交流，和现在在北京应对自如的状况是不一样的……越是深入接触中国，越觉得自己了解得不够，恨不得能在短时间内掌握更多知识，更好地融入这里。

在北京留学，不知不觉间，我似乎也感染上了那个国际化大都市的那种"卷"的气息。因为资讯太多，机会也多，有时参加一个活动或派对，就能强烈地感觉到各种机会扑面而来，所以，总是不由自主地想保持更好的状态。也许，正是因为这种心态的不同，我才觉得在成都会更放松吧。

我和小潘还去了九眼桥。那是一个美丽的夜晚，灯光挺好，河面上倒映着五彩的光影，很有情调。九眼桥旁有人在弹唱，那熟悉的旋律正是在中国很流行的歌曲——《成都》。

♪ 海洋每次观赏成都安顺廊桥夜景都会被深深迷住

"我从未忘记你，成都，带不走的只有你。"我们合唱团以前也学唱过，现在听来，实在回味无穷。哼着这首歌，想起学这首歌时练中文发音的情景，往事近在眼前，好像看到当时努力学中文的自己，心中满是感慨。

说再见的时候很快就来了，我已经订好了返程的机票，要和小潘、和成都告别了。

当我重返北京时，正是黄昏时分，北京的模样美得像一幅画。我站在街头静静地看着车水马龙和天边的落日，那景色简直绝了。远处的山影和摩天大楼相互辉映，近处的汽车川流不息，淡紫红色的天空像一块巨大的画布，把北京的傍晚映衬得无比完美。

看着眼前的一切，我暗暗下定决心，要调整好自己的节奏，有时候可以慢一点，适度减少一些计划和活动。这次在成都的短暂停留，就像给我充了一次电，接下来很长一段时间，让我都能活力满满地应对在北京的学习挑战。

成都，我还会回来的，因为这里有我很多美好的回忆，是我心中的"温柔乡"。

（文/海洋）

♪ 2019年5月，德国伯乐中文合唱团排练现场

♪ 2019年5月，德国伯乐中文合唱团团长张云刚（左）在排练现场对成员们进行指导

♪ 2019年7月，德国伯乐中文合唱团在成都参加"新华·汉风中德青少年文化互鉴"音乐交流活动

桥在云端

2022年是德中正式建交五十周年。我非常荣幸受邀参加了一系列相关的庆祝活动。

当年9月，为庆祝德中正式建交五十周年，伯乐中文合唱团在德国埃森市音乐厅举办了一场"中德青少年云合唱音乐会"。在这场德中两国青

♪ 2022年9月，海洋（左）在德国埃森举行的中德建交五十周年"中德青少年云合唱音乐会"上担任主持人

少年跨越时间和空间的云合唱音乐会上，相关领导还为中文音乐教室和新华伯乐中德音乐文化交流基地揭幕。让我倍感骄傲的是，我不仅作为合唱团的一员参加了这次活动，还非常荣幸地担任了主持人。

合唱团的成员与远在成都的青少年们，早早就通过互联网方式"牵起了手"，进行定期排练和交流。还有特别的一点是，小潘也会在成都进行远程互动，一起参加演唱。大家反复练习，精心录制演唱视频，就是为了能在活动现场，以"云合唱"这种新颖的方式，完美呈现德中友好的和声。

作为合唱团的成员，我觉得这样的活动非常有意义，而且"云合唱"这种形式，也非常新颖。所以从最初接到邀请，到活动进行，我心情一直很激动，也很用心地去做好每一项需

♪ 2022年9月，海洋（右）在中德建交五十周年"中德青少年云合唱音乐会"上表演竹笛独奏

要准备和练习的任务。当时合唱团成立八年了，能在德中建交五十周年的"大日子"里演唱，意义非凡，也是合唱团全体成员的荣耀和骄傲。

♪ 2022年9月，德国伯乐中文合唱团协会米尔曼主席在中德建交五十周年"中德青少年云合唱音乐会"上致辞

纪念活动开场，德国伯乐中文合唱团协会米尔曼主席在致辞中讲了一个温暖人心的小故事：

从前有个人住在河边，他和河对岸的邻居是一对好朋友。他们经常在一起谈笑，享受着友谊带来的欢乐。突然有一天他们吵了起来，而且越来越凶，到最后两个人都互相不理睬对方，而他们却都已经忘了是为什么吵起来的。

有一天，这个人看到一个游走于各地的泥瓦匠。他对泥瓦匠说："我现在要出门两周，请你在我回来前在河边建一堵墙，这样我就不会每天再看到那个邻居了。"泥瓦匠说："我是这里最好的泥瓦匠，保证让你满意。"

两周后，这个人回来了，他惊讶地发现泥瓦匠没有建那堵墙，而是在河上建起了一座桥。这时，邻居从桥上跑来了，他热情地拥抱这个人，说道："感谢你在我们之间建了桥，感谢你不再和我争吵，我们的友谊终于可以重新开始了。"

见到这一幕，泥瓦匠默默地离开了。

米尔曼主席巧妙地用这个故事比喻，五十年前德中建交，犹如在两国之间架起了第一座沟通的桥梁，开启了友好往来的开端。如今中文音乐教室和新华伯乐中德音乐文化交流基地的揭幕，无疑是又一座意义深远的新桥，承载着双方对未来能有更紧密文化交流的期盼。他还特别提到合唱团成员赴华留学的事，满是欣慰地说："我们在过去的时间里不断地通过音乐来建立桥梁，使我们能更好地认识中国的语言和文化，加深年轻人之间的交往和交流，收获大量宝贵的经验，获得丰富的进一步发展的灵感，从而加强了我们两种文化之间的相互联系和理解。学习一门语言，以及通过语言寻找双方间的连接元素，比如音乐，都是对其他文化和民族的理解和超越国界的共同成长的重要基础。中文合唱团一直致力于这一目标的实现。带着我们对中文歌曲和音乐的热情，我们希望为两国间的相互理解和共同成长做出自己的贡献。"

中国驻德国大使在活动致辞中也鼓励、肯定了我们："云上同台歌唱，我认为，这是他们以自己的方式致敬陪伴他们成长的老师和所有关心他们的人，用优美的歌声庆祝我们今日的相聚，庆祝中德两国人民友好交往五十年，是一场特别有意义的活动。"

当我们的歌声在活动现场响起，那一瞬间，我心中满是感慨，这些年坚持学习中文的选择是非常正确且有意义的。那一刻，我在心底也悄悄种下一颗梦想的种子：希望未来的自己，能继续乘着歌声的翅膀飞翔，成为德中友好交往的一名筑桥人。

♪ 2022年9月，德国伯乐中文合唱团在中德建交五十周年"中德青少年云合唱音乐会"现场上演唱歌曲

在北京大学忙碌的学习和生活中，总是会有一些惊喜向我"砸"来。有一天，我的老师告诉我，中央广播电视总台向我抛来了橄榄枝，邀请我去参加一档电视节目的录制。

刚收到消息时，我非常兴奋，但没过多久紧张感便涌来。毕竟这是我第一次上电视，想到要面对那么多观众，心里直打哆嗦。虽说在德国时，我也经常登台表演，从来没怵过，但这次截然不同——现场全是经验丰富的专业人士，而我感觉自己中文说得还不够好。其实早在去电视台前，导演组就和我连过线，当时没想太多就答应了下来，觉得不会太紧张，结果还是非常紧张。

我们还在录音棚里录了歌曲《村晚》。这是我第一次在专业的录音棚里唱歌，仿佛自己一下升级为专业歌手，那种感觉棒极了！

踏入演播室的那一刻，第一次见到了那些平日里只能在电视上看到的著名主持人。能像他们一样，字正腔圆地说一口流利标准的普通话，一直是我的目标。第一次近距离接触到《经典咏流传》的节目主持人撒贝宁时，我彻底被他的魅力折服。他真是一位非常风趣、饱读诗书、能言善辩的主持人。他的眼神中总透着一股让人感到亲近的劲儿。每当我看着他的眼睛时，我就忍不住嘴角上扬，打心底里觉得舒服、开心。

演出前的化妆、剪发和造型也很有意思，每一项都让我大开眼界。虽说我也进过几次化妆间，但这是第一次进演播厅的化妆间，那专业程度完全不可同日而语，一切都透露出高标准、严要求。

我们这次一共录了三天，但是为了这三天的录制我们提前排练了整整

♪ 2023年5月，海洋（中）参加中央广播电视总台《经典咏流传》节目录制时，与主持人进行交流，表达心声

♪ 2023年5月，海洋（第一排左一）参加中央广播电视总台《经典咏流传》节目录制，与中国传统民乐团共同表演《村晚》

一个星期。那段时间，我每天都去学校的排练室练习唱歌和吹笛子。说来惭愧，由于太久没唱歌，嗓子都生疏了，唱高音的时候很困难，就像好久没去健身房，突然去举重，有点力不从心。此外，中文和德文的发音位置也是大不一样的。德语发音靠喉咙，声音从嘴的后部发出；而中文发音却靠嘴，声音集中在嘴的前部。唱歌的时候，这种差异体现得格外明显。

对中国人来说正常的音高，对我而言却像难以逾越的大山。我感觉自己的胸腔发声总是有问题，这也成了我上台紧张的一大"罪魁祸首"，非常担心出错。不过好在节目录制的时候非常

♪ 2023年5月，海洋参加中央广播电视总台《经典咏流传》节目录制，与中国传统民乐团共同表演《村晚》时演唱特写

♪ 2023年5月，海洋参加中央广播电视总台《经典咏流传》节目录制，用竹笛演奏歌曲《村晚》

辑一　缘分的种子

顺利，即使我偶尔犯错，导演组和现场专家老师都耐心地帮助我化解了难题。

　　回顾音乐给我带来的这些经历，它们就像筑桥的基石，稳固而又坚实，为我构建了一座意义非凡的成长之"桥"。一方面，我拥有了难得的磨炼机会，在舞台上更加自信从容；另一方面，我可以从传媒的角度了解中国，这是一个很好的契机，也是一种新的视野。这也是在繁重的课业下，我仍然很喜欢参加一些活动的原因。这些活动不仅是对个人能力的考验，而且能助力自我提升，让我在中文学习上大步前进，更加多角度、深层次地了解中国。每一次参加活动，都像是开启一扇通往新机遇的大门，而我，也正是通过这一扇扇大门，一步步坚定了充当德中友好交流的筑桥人的决心。

（文／海洋）

跨越山水：在桂林的支教时光

当我提笔写下这篇文章时，我已经做好了前往中国留学的准备，即将重新开启在这个美好国度的学习生活。

早在2016年，我就曾踏上中国广西桂林恭城那片充满魅力的土地，开启了在当地多所中小学为期一年的支教生活。这段支教时光让我体会到德国与中国之间文化习惯的一些差异，也收获了很多感动和温暖，有时候我会觉得自己并不是异乡的独行者。

由于我在不同的学校教授英语，这些学校有的在城郊，有的在村子里，乘坐交通工具辗转于各校便成了我的日常。有时我会坐公交车或者出租车，有时也会坐三轮车（在乡镇比较常见的便捷小型交通工具）。如果我坐公交车，就需要换乘两三次，那一路啊，就像开启一场奇妙的市井文化体验之旅。每到换乘的站点，路边都停着很多出租车，还有一些卖小吃的路边摊，热气腾腾的，各种香味直往鼻子里钻。那些城郊接合部总是喧嚣热闹，充满了浓浓的烟火气。

在德国，有人站在路边准备过街时，过往的车辆一般都会停下来，静静等候行人先走，这已经是大家心照不宣的默契。但这里不全是这样，起初我还按照老习惯，瞅准没车的空当就往街对面走。很多车停下来后，司

♪ 2016年4月，孔浩去广西桂林支教前于拿桂林图册

机还会朝我按喇叭。在德国，人们轻易不按喇叭，要是偶尔按那么几声，准是不耐烦催促的意思。所以当时在桂林街头，听到喇叭声的时候，我以为自己做错了什么，惹得司机对我不满。我赶紧脚步匆匆地过了马路，站到人行道上，心想着这下总该消停了吧。结果那些司机还是在一边按喇叭，一边笑着跟我招手，我心里就更纳闷了。这样的事儿经历了好多回之后，我慢慢地发现了，原来这喇叭声压根儿不是生气，是他们瞧见我是个外国人，在热情地跟我打招呼！我这才恍然大悟，心里既觉得好笑，又被这份质朴的热情给暖到了。因为在很多偏远一点的地方，大家平常很少见到外国人，所以一瞅见我，他们那份好奇和热情就藏不住了。

此时我才明白，按喇叭在中国和德国完全是两码事。在德国大声按喇叭基本等同于表达负面情绪，大家都尽量避免；可在中国有些地方大声喧哗也好，按喇叭也罢，很多时候不过是日常生活里稀松平常的事儿，就是人们热热闹闹交流的一种方式，透着浓厚的生活气息，并不完全代表负面情绪。细细品来，又满是趣味，让我愈发想更多地感受这里的不同。

十一黄金周前一天，学校一放假，我那颗爱冒险的心就开始蠢蠢欲动，我决定去四川玩一玩，感受不一样的地方。我打开携程（在中国大家常用的一个旅行App），准备订张高铁票，结果发现全部售罄，于是我只好买了火车硬座票。从桂林到成都一路得坐上二十七个多小时，但由于我对这趟旅行兴致很浓，所以也就对坐火车的时长没有那么介意了。在桂林站上车时，车厢里人还不多，后来陆陆续续上来好多人，其中有不少家庭带着小孩。我发现他们带着很多行李，而且随身带了很多吃的，好像很享受在火车上的时光。在火车上，我一路都在用笔记本电脑看电影，戴着耳机，看得非常入神。半个小时以后，我无意间一抬头，不知道什么时候身后围了一圈人，他们也跟我一起看，而且还是看无声电影，就那么静静地盯着屏幕，或许是想和我交流又不好意思打扰吧。我在火车上也确实认识了不少人，他们热心地教我玩斗地主（一种在中国流行的扑克牌游戏）。虽然我对规则半懂不懂，可架不住大家的热情，还是试着和大家一起玩起来。我中文不好，当地人说话又带着浓浓的口音，交流起来有点费劲，但我们还是玩得很愉快。欢声笑语不断，时间也过得飞快。这样的氛围和刚才他们安静地站在我身后看无声电影截然不同。我能够感觉到大家已经完全沉浸在一种既有尊重的边界感，又有群体归属感的欢乐共享气氛中了。

这二十七个多小时的硬座之旅是我坐火车时间最长的一次旅途，也是很难忘的一次。

恭城旁边有个很有韵味的村子，叫红岩村。它就像藏在时光角落里，有很多保存非常完好的老式建筑。我们志愿者经常在那里搞活动。每次一有活动，村里的孩子们就像欢快的小鸟飞奔而来，这对他们来说很有吸引力。志愿者中有一名来自四川的小伙子，我和他相处得很好。他很瘦，我每次瞧见他，都忍不住对他说要多吃一点。在红岩村，很多时候食物都是以直接烧烤为主。大家围坐在一起自己动手烧烤，这可是个技术活，得眼疾手快，要不停地翻转食物，还要时不时地撒上辣椒等调味料。在德国，我们吃法式奶酪火锅的时候，大家都是各顾各的，所以我自己就慢悠悠地烤着我的一串肉。再看来自四川的那个志愿者，他左右手齐开弓，同时烤着二十多串肉和蔬菜。我当时心里还在想，他平时吃得那么少，怎么今天一下子像变了个人似的，难道是因为我总唠叨他多吃点，他一下子就放飞自我了？我实在忍不住，凑过去跟他说，别突然吃这么多，不太健康。他一听，笑着跟我解释，原来这是给在座的每个人烤的。我这才意识到，在中国，大家一起吃饭的时候，心里总是惦记着别人，互相照顾，有好吃的都想着分享。而在德国，大家更习惯专注于自己手里的事情。我后来琢磨，要是照我之前那种吃法，估计半个小时最多能吃三串，肚子都填不饱。而像我朋友这样，几十串一起烤，再均匀分配，速度可就快多了，每个人都能吃得心满意足。这小小的烧烤场景，真是既有趣又暖心，让我对

♪ 2016年6月，孔浩在广西桂林支教时给孩子们上英语课

中国的人情味儿又多了几分喜爱与敬意。

讲讲我在学校教英语的事情吧。在学校教英语的时候，我每天都在思考设计什么样的游戏，才能把学生们的兴趣火苗给点燃，让他们开开心心地学英语。我做了很多卡片，在课堂上运用，通过游戏学英语让这些学生很感兴趣。每次我上英语课，我们班总是全校声音最大的，六十多个学生同时做游戏，那活力四射的气氛，感觉屋顶都快被掀翻了！

作为一名志愿者老师，学生们能使用英语跟我交流，最让我心里甜滋

♪ 2016年6月，孔浩（左一）在广西桂林支教期间，课后与小朋友们一起玩乐

滋的。如果在校外偶然碰到学生，他们脆生生地用英语跟我打招呼、唠家常，那一刻我的成就感就会满满的。刚开始的时候，我这脸盲症可严重了，走在路上，学生们老远瞧见我，跟我打招呼，我却认不出他们。好在我有个"小妙招"——坚持用英文名字叫他们。这样一来二去，慢慢地我就和他们熟悉了起来。

有一堂课的主题是学习如何在水果摊购物，从怎么问价、挑水果，到讨价还价，学生们都听得很认真。第二天放学后，我在校外无意中碰到一个学生和他的家长，正好路边有卖水果的摊子。这个学生很机灵，立马就把课上学习到的内容活学活用，用英语问我："你想买水果吗？这里有苹果、香蕉、橙子和梨。"我当时整个人都愣住了，下一秒，心里的成就感就像烟花一样嗖的一下飞上了天。这就是我支教生活里的小确幸。

这些点滴与瞬间，不仅让我看到了小朋友们的成长，也让我深深感受到，跨越国界的知识传递是如此美好又充满惊喜。我真的太爱这份支教工作了！

（文/孔浩）

辑 二

Vielfalt

七彩校园

原来
HARMONIE
IN
FREMDEN TÖNEN
中国长这样
CHINA DURCH MUSIK ENTDECKEN

记忆宝藏

当得知能去同济大学留学的时候，我心情很平静。当时想法很单纯，就觉得有这么一个宝贵的机会能去中国学习多难得，那就去吧，压根儿没费心思去畅想接下来这一年究竟会邂逅什么人、遇到什么事，满心都是对未知旅程的坦然与期待。

第一天注册报到的时候，我刚拿到留学生的名单，只匆匆扫了一眼，整个人瞬间就呆住了，满满的震惊写在脸上。这名单上的留学生竟然来自一百七十多个国家！

之前的我，每天生活在自己熟悉的小圈子里，虽说知道世界很大，但从没想过这么多元的世界一下子就离我这么近。大家从天南海北奔赴而来，齐聚在美丽的同济校园。那一刻，我感觉自己就像个打开了新世界大门的孩子，眼前的一切拓宽了我的视野、刷新了我的认知。我内心的感觉是既复杂又好奇，就好像突然被卷入一场盛大的狂欢派对，周围的一切都散发着新奇的光芒。同时我也有点紧张，毕竟习惯了欧洲相对单一的社交圈子，一下子要融入这么庞大且多元的群体，担心因为文化、习惯的差异，在交流中出现尴尬的冷场。然而接下来的日子，我的心灵花园逐渐开满繁花，芬芳里藏着成长的甘甜、真挚的情谊，让我在回首间总能沉醉于那份难忘的美好，汲取无尽的前行力量。

在同济大学留学的日子里，我结识了很多来自不同国家的朋友，索马里的、朝鲜的、哈萨克斯坦的、吉尔吉斯斯坦的、土库曼斯坦的……数都数不过来。大家围坐在一起谈天说地，听着他们讲述自己国家的风土人情，分享他们眼中独特的世界，我就像在翻阅一本本精彩纷呈的故事书，沉醉其中。

你们想想，我那时才十八岁，一个土生土长的欧洲小伙儿，从小到大习惯了欧洲的价值观、世界观，一下子和这么多有着截然不同文化背景的人相识，那种感觉，就像是在眼前打开了一个五彩斑斓的调色盘，彻底开启了我全新的认知旅程，让我看到了人类生活画卷的丰富与多元。

虽说校园里聚集了来自全球各地的同学，大家文化背景各异，信仰、价值观也不尽相同，但有一点是相同的，那就是我们都怀揣着一颗无比真诚的心，心无旁骛地学习中文。在这片知识的沃土，语言成了我们沟通的桥梁，连接着彼此的心灵。

有几个塔吉克斯坦的留学生，有的来自比较普通的家庭，有的来自非常富裕的家庭。看到不同的人生轨迹在同济大学发生交集，我还是挺感叹的，这也让我更加珍惜在这里与大家相遇相知的缘分。

同济大学每年都会举办国际节，那更是一场超级盛宴！活动场地差不多有两个足球场那么大。活动中大家积极分享、展示自己国家的服饰、饮食等特色文化。展位一个挨着一个，参观的同学络绎不绝，现场热闹非凡。我穿梭其中，就像在进行一场浓缩的环球旅行，眼睛都看不过来了。

我还兴致勃勃地试穿过不同国家的同学们展示的异域服装，看着别样的自己，心里满是新奇与喜悦。在德国的时候，我生活的圈子相对固定，几乎没有这样的机会去认识这么多来自世界各地的伙伴。

如今回首那段同济岁月，我心中满是感恩。直到现在，我都还和一些小伙伴保持着热络的联系。之前我和哈萨克斯坦的同学约着一起回同济大学看望好友，后来大家一合计，又结伴奔赴吉尔吉斯斯坦探望另一个同窗挚友。要是当初没去同济大学留学，我哪能想象自己会结识这些情谊深厚的好朋友呢，更别说有机会踏上那些遥远的国度了。即便现在我们分散在世界的各个角落，过着各自的生活，但只要想起彼此，心底就会涌起一股暖流。这份真挚的友情丝毫不受距离和时间的影响，就像夜空中那不断闪烁的星星，照亮我们前行的道路。

我从十三岁就开始接触水球，经过多年的训练，已经深深地爱上了这项运动。从高一开始，我又加入中文合唱团，除了因为对学习中文感兴趣，合唱排练也是我在水球训练之外放松身心的一个方式。每周六的合唱排练之后我必须赶去参加水球训练，有时候会穿过整个北莱茵-威斯特法伦州甚至全德国，虽然很累，但是很开心也很充实。因此，高中毕业时我特意选择了去同济大学留学，因为我听说那里有中国为数不多的大学水球队。

记得有一天，我去同济大学游泳馆游泳时，看见有水球设施，我便去问如何加入水球队。很快，我就成为同济大学水球队的一员。

在同济大学，我们平时有陆上训练和水上训练，还会参加一些比赛。

♪ 2018年11月，涂鸿羲在同济大学参加水球队训练

德国的水球队历史比较悠久，各方面都比较成熟，而且训练的强度也非常大，每个星期至少有八次水上训练和四次陆上训练。我去同济大学之前，每个星期会有三天早上在去学校之前要下水，周末还有强化训练和巡回赛。所以，我在同济大学训练的时候，经常会给其他队员讲解一些动作要领和技巧。我基本上只能说英语，虽然我已经能听懂越来越多的中文了，但是讲不出来，心里真的急死了。

同济大学的水球队伍很新，人也挺多。队里不光有中国学生，还有在同济大学学习的其他亚洲学生和欧洲学生。训练中我们一起提高个人能力，进行团队成员间的技战术配合，大家相处得都很愉快。每次训练完后，我们还一起去吃饭和唱卡拉OK。唱歌的时候，我在中文合唱团学到的本领就完全展现出来了。

留学期间，平时除了水球训练，当然就是学习中文啦！我每天都得学习，得做作业。每个星期在宿舍或图书馆自学中文的时间都要比在德国学习中文的时间多得多。经过努力，我的听力进步了不少，后来我又试着通过看电影来练习听力。

在同济大学留学的一年时间里，我非常开心，也很适应那里的生活。我们住的宿舍离校本部有一段距离，但我买了电动自行车，非常方便。还有就是同济大学的食堂，据说是上海最好的，品种很多，也很便宜。要是不吃肉的话，一顿饭儿元钱完全没有问题。我在那儿的头两个月，只吃中餐，每天换着花样吃，完全不会想着去吃西餐，有时候我也去校外的餐馆或者清真食堂吃。总之，同济大学的食堂带给我极大的舒适感，我很爱它。

现在我在德国还会时常想起那段美好的日子。可以说，如果没有高中时学习中文和加入中文合唱团的经历，就不会有我后来在同济大学留学、加入水球队的故事。这就是同济大学带给我的记忆宝藏，我会永远珍藏在心底。

（文 / 涂鸿羲）

川大，我真的爱上了你

飞机划破夜空的宁静，缓缓降落在成都。踏出舱门的那一刻，异国他乡的气息扑面而来，心中满是期待。四川大学（简称川大）贴心地派了老师前来接机，通关流程很顺利，办好一系列手续后，我跟着老师走出灯火通明的航站楼。

哇，我来中国了！

其实，这并非我第一次来到中国，在2017年和2019年，我就跟随伯乐中文合唱团来过。除了成都，我还去过北京、上海、大连、昆明、建水等地方。那时我还是中学生，纯粹以活动参与者的身份穿梭于各个城市之间，感受着中国的热闹。而这次不一样，我的身份已经转变，我是一个到成都求学的学生。我被四川大学国际经济和贸易专业录取，在这里我将开启一段新生活。

车辆在宽阔的街道上行驶，街灯很美，路边高楼灯光闪烁，夜色中，成都看上去陌生而熟悉。我给父母发去顺利到达的消息，报了个平安。老师安置好我的住宿后离开了，我独自静坐在房间发呆，一时间竟有些恍惚，仿若置身于奇妙的梦境，感觉好像有点不真实。

在德国，教我中文的张老师就曾提到过，留学开始会有一个"适应

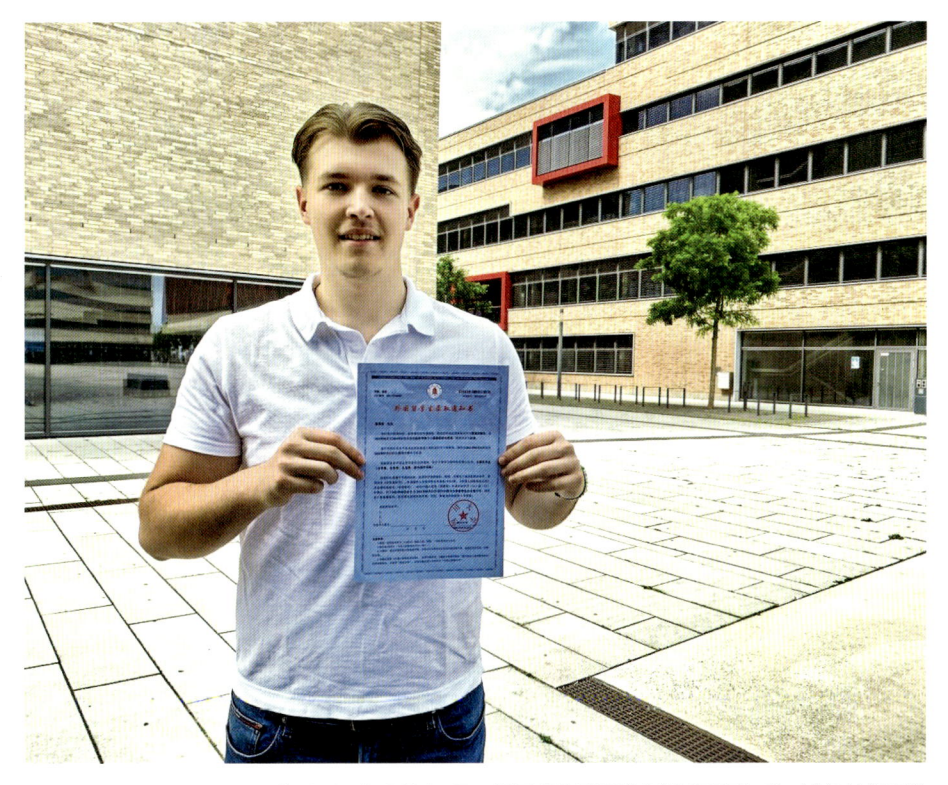

♪ 2021年8月15日，潘昊琰收到四川大学录取通知书，准备赴华留学

期"，我的伯乐中学校友、曾在成都学习语言的合唱团好友海洋，也这样告诉过我。果不其然，我脑袋昏沉，却很难入睡，时差反应悄然来袭，看来，"适应期"正式开始了。

刚到这里，没有居留许可，也没银行卡，更别说手机支付，无奈之下，老老实实待在校园成了我的最佳选择。

由于我来的时候正赶上新冠疫情防控期间，校园里人很少，略显冷清。饥肠辘辘的我在校园里漫无目的地游荡着。突然，空荡荡的校园里，我见到两个学生模样的男生匆匆走过。那一刻，他们就像沙漠中的清泉，让我满心欢喜。

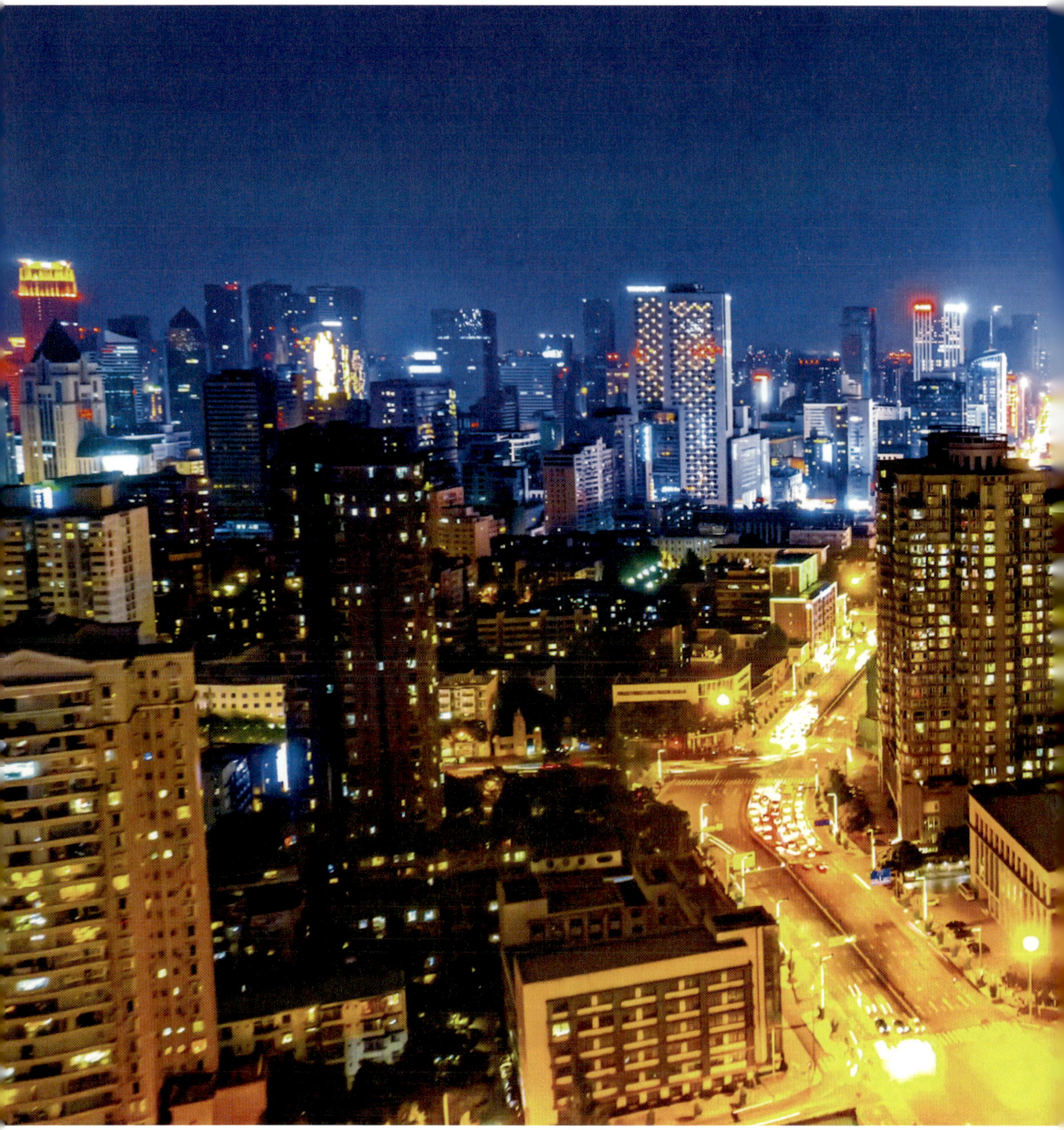

♪ 潘昊琰看到夜色中的成都，繁华璀璨，陌生而又熟悉

我三步并作两步地赶上前去，用稍显生硬的中文打了个招呼。谁能想到，几年前刚上高一第一节中文课，学习自我介绍时，老师给我们模拟的在中国校园里遇到中国同学时打招呼的情景现在都一一出现了，可除了那句"同学，你好"，我竟一时不知道说什么了。

幸好这两位男生的英语很流利，听说我想找地方吃饭，立刻心领神会，热情地给我推荐了一家他们常去的兰州牛肉面馆。

面馆里很空，老板有些百无聊赖地趴在桌子上睡觉。我实在是饿极了，索性一口气点了三十个饺子和一大碗牛肉面。当热气腾腾的面食端上桌来，饥肠辘辘的我快要欢呼起来。真的，味道太好了，称得上是我这辈子吃过最香的一顿饭。

♪ 潘昊琰在自己的"专属食堂"——兰州牛肉面馆吃面

于是接下来的几天,这家面馆成了我的"专属食堂",每日必来,饺子配牛肉面,吃完后别提那幸福感有多强了。

那几天,还有成都本地的朋友通过同城快递给我送来了一大包零食,说是怕我想家,没有地方吃饭。我已经很久没有正儿八经地吃过一顿大鱼大肉了,所以大礼包里的牛肉干馋得我直吞口水,各种口味的都有,特别有嚼劲。

当然,后来我知道了成都的面条种类很多,竟然有几十种,实在难以细数。其中至少有一半都是辣的,而且都是热汤面,现煮现吃,热气腾腾的。有时点些不辣的面条,老板或身旁朋友还会热心劝我重新选择,在他们心中,吃面不放辣椒,就像丢了灵魂。身为留学生,若想在成都探寻中餐美味,面条无疑是一种不错的选择。如果吃不了辣,清汤炸酱面、番茄煎蛋面以及兰州牛肉面便是很好的替代。虽然它们没有辣意,却各具风味,滋味满满。

对了,兰州牛肉面,其实并不是成都本土的小吃。它名字中的"兰州"就表明了出处——中国西北的一个省会城市。不过在成都,街头巷尾随处可见专卖兰州牛肉面的小店,足以看出它的受欢迎程度。

我们的学生宿舍挺不错的,在四川大学望江校区,两人间,宽敞明亮,住起来就像酒店客房一样舒适。

刚入住自然要置办一番生活用品,我特意去买了日用品和床上用品。想想倒也好笑,我带来的其他物品很多本来就产自中国,又何必大老远从德国背来呢?

正忙碌着,我接到消息,成都本地朋友说过两天要请我吃饭。我感到很高兴,因为初来乍到,加上新冠疫情防控的影响,我能接触的人很少,心情也有几分孤独和压抑。

为了这场期待的相聚,我为"做客"做起了准备——洗衣服。带来的衣物不多,但几日积累下来,也有了不少衣服需要清洗。我们学生宿舍楼里有一台公用的洗衣机,不过,我没有想到,洗衣机竟然会让我感到郁闷。这台洗衣机竟然无法设置水温,也就是说全是用冷水来洗衣服——这在德国简直不可思议,毕竟在我们的认知里,只有水温达到一定温度,才能洗净衣物,并杀死脏衣服上的细菌。

当我试着用英语和宿管阿姨讲这个问题的时候,阿姨一脸茫然,她完全不理解。我以为是因为她听不懂英语的关系,无奈之下,只好请远在德国的张老师帮忙,他通过微信远程和宿管阿姨进行了沟通。

就在问题快要"升级"的时候,我突然发现宿管阿姨给我的洗衣粉上写着"冷水洗涤"。多亏了现在科技的发达,我通过手机App就能扫描翻译文本内容。这个时候,我才意识到,即使是同一个品牌的洗衣粉,针对不同的国家,生产商也会对产品进行本土化改良,让产品适合该国消费者的习惯。所以,这种在德国人看来不可思议的用冷水洗衣服的行为,在中国确实再正常不过了。

看来,以后遇到问题,我不能在不了解的前提下,仅凭固有认知去贸然争辩,而是需要换位思考,尝试从不同的角度和出发点去考虑一个问题或一件事。

我满心期待自己洗的衣服快干,然后穿得整整齐齐地去见朋友。但是,过了两天,朋友没有消息,又过了两天,朋友还是没有消息。我有点纠结,又不好意思去主动询问,只得向"万能"的张老师取经怎么处理这种情况。张老师笑着解释,在中国,"过两天"并不是真的指两天之后,而是一个概数,可能是几天,也可能是几个星期。如果你听到"改天"请你吃饭,大多是一种礼貌的表达方式,不一定就是真的具体到某一天请你吃饭。

"过两天"等于"改天"?"改天"等于"不一定"?中文太复杂了,这让我一时有些失落。

好在这个朋友很靠谱,没过多久便发来详细信息,吃饭时间、地点、菜谱,甚至还有菜品图片,一应俱全,还贴心地考虑到我不吃辣,特意选了不辣的餐馆。

不过我还是很紧张,这毕竟是我第一次在没有老师和同学陪伴的情况下在中国单独赴约。我赶紧下载了翻译器,以备不时之需。

就在我等待赴约的日子里,喜讯从天而降,中国驻德国大使馆发来邮件,告知我参加中德建交五十周年征文活动获得了二等奖的好消息。这突如其来的双重惊喜,让我不禁感慨,难道这就是传说中的好事成双?

然而新的烦恼又来了,就是赴约的时候我该带点什么见面礼。张老师曾帮我订了好几箱昆明的鲜花饼,我问他能不能送,他建议最好送点德国特产。我也想送点德国的东西,来中国时带了很多巧克力、橡皮熊糖等德国小食品,原本可以作为礼物送人的,可因为在这段特殊时期,它们已经全部被用来贡献了能量,以缓解我的思乡之愁了。

独自一人，远离家乡，生活在一个完全不同的文化环境中，计划赶不上变化，情绪难免起起伏伏，有时候我真的很想家，想我妈妈做的饭菜。但回首过往，那些当时以为艰难无比的经历，其实是宝贵的财富，悄然累积着我的人生阅历，只是身处其中，没有觉察到罢了。

还好，我还有中国的朋友们相伴，温暖如春。说"过两天"吃饭的朋友们，也总会"过两天"就再次热情相约下一次的聚会，情谊在一来一往中也越发深厚。

我来中国后，有很多事情需要解决，当务之急便是前往出入境管理局办理延迟签证手续。只有办好延迟签证，才能在中国的银行开户，要不然真的会寸步难行。学校暖心地安排了一位同学协助我办理，一切都进行得很顺利。

办好银行卡，买了中国的手机卡后，我心中的不安减轻了很多，心总算踏实下来。

在中国，手机的重要性不言而喻，堪称生活必备神器。我刚来的时候，一没有银行账户，二没有手机卡，无法点外卖，无法骑自行车，无法打出租车，各种不方便。无奈只能随身携带很多现金，但用起来却很麻烦。放眼望去，在中国的大街小巷，手机扫码支付随处可见，非常便捷高效。

当我在手机里安装好微信并开通支付功能后，顿时觉得豁然开朗，很多事都容易了。不过，手机支付也有"甜蜜的烦恼"，钱花得太快了，全变成屏幕上的数字，一不小心就超支了。一开始我很不适应，后来我慢慢从手机便捷支付方式中学会了金钱管理，支付软件的账单查询功能功不可没。

♪ 潘昊琰发现中国随处可见便捷的手机扫码支付

开课以后，见到老师和同学的那一刻，我才感觉真正有了归属感，大学生活正式开始。我感觉自己不再是以游客身份走马观花，而是以主人的身份深度融入。我很喜欢在教室里上课，每间教室配备的电子黑板新奇有趣，老师们用PPT课件授课，电子黑板时不时展现出很酷的功能，让人眼前一亮。

我们也会上网课，上网课不用去教室。不过，虽然免去奔波之苦，却对听力是个不小的挑战，想要全程跟上节奏，必须得全神贯注。好在期中考试和期末考试我的成绩非常好，这极大地增强了我的信心，也让我更享受充实的学习生活。

国际生群体中，很多人习惯用英语交流，可一旦在校外，如果不会中文，就恐怕连在面馆的简单点餐都无法顺利完成。为了更快融入中国的生活，我试着交朋友。学校组织了很多留学生活动，我很感激学校搭建的这些平台，通过这些活动我结识了很多好朋友。

在交流互动中，我发现倾听其他外国人来中国的故事，了解他们背后的动机与经历，也非常有趣，让我愈发感受到多元文化交融的魅力。

在朋友的指引下，我探索了四川大学的校园——太大了，非常非常大！校园像一座巨大的迷宫，学校的食堂、教学楼、小卖部都有各自的分布，我乐此不疲地穿梭其中，探寻着它们之间的距离与方位，不知不觉沉迷其中，每天都在享受各种新发现。我现在可以骄傲地宣告，校园里每一个角落都有我的足迹。这里有很多运动场地，能开展各种运动项目，去健身房和游泳馆也很方便。除此之外，我甚至知道一些被当地人趣称为"苍蝇馆子"的街边小店，别看店面不起眼，却藏着非常地道的美味。

学校的朋友向我透露了一个新去处——小吃街。那里的东西比食堂更好吃，小吃种类也很多。后来小吃街便成了我的"秘密基地"，隔三岔五便去光顾。

♪ 2022年7月，潘昊琰在小吃街的"苍蝇馆子"享受美食

记得有一次，我发现我经常去的一家摊位的老板目光幽怨地"瞪"着我，后来才明白，原来那天我"移情别恋"，去了他隔壁的摊位。老板误以为我"背叛"了他，那副委屈伤心又可爱的样子，让我想起就忍不住笑。

♪ 2023年1月，潘昊琰在离开成都前品尝最爱的川菜"蒜泥白肉"

现在回想起来，我觉得小吃街的魅力不只在于美食，还在于那份独特的情调。坐在路边，摊主炒面炒菜，烟火升腾，再配上冰激凌、饮料，惬意无比，仿佛时间都慢了下来。

我每天都非常享受在校园里散步，感觉校园就是隐藏在成都这座大城市里的一座小城市，安静而美好。校园环境非常好，像一座巨大的园林，经园丁们悉心照料，一草一木都充满生机与活力。有时我会遇到我们的老师，他们的记忆力很好，会主动和我打招呼，一来二去，我也学会了主动问候他们。我还认识了很多在学校工作的保安大哥，我也经常和他们打招呼、开玩笑。对我来说，这座校园更像是一个温暖的大家庭，处处流淌着温情。我想说，川大，我真的爱上了你！

（文/潘昊琰）

无法被定义的一切

我在同济大学留学的日子，美好得远远超出了我最初的预期。

每天清晨，阳光温柔地洒进寝室，我伴着鸟儿的欢唱起床，简单洗漱后，便精神抖擞地奔赴课堂。

中午时分，饥肠辘辘的我会和大伙儿一起冲向食堂。一走进那热闹的大厅，从鲜香可口的炒菜，到热气腾腾的面食，琳琅满目的菜品总能满足

♪ 2019年4月，涂鸿羲在同济大学校史馆

我的味蕾。下午如果有课，我就继续沉浸在知识的海洋里；要是没课，图书馆便成了我的好去处。我穿梭在那一排排高大的书架间，指尖轻轻抚过一本本厚厚的书，仿佛触摸到了人类智慧的宝藏，在安静的角落里一坐就是好几个小时，尽情汲取知识的养分。

等到夜幕降临，华灯初上，我可不会闲着，要么约上几个朋友去操场锻炼身体，或者去游泳馆来一场尽兴的水球大战，尽情释放一天的压力；要么就和朋友们碰头相聚，找个温馨的小吃店，分享各自一天的趣事，畅聊生活中的点点滴滴，让欢声笑语回荡在夜空。

这样的生活，充实又安逸，每一天都过得有滋有味。

闲暇时间，我也特别爱走出校园，去感受上海这座充满魅力的大都市的独特气息。

上海非常大，车水马龙，川流不息，这里的基础设施相当完善，交通更是便捷得让人惊叹。但即便有快速便捷的公共交通，我从城市一边到另一边竟然也需要四五十分钟，这在德国简直难以想象。德国城市规模普遍较小，同样的时间，说不定早就跑到另外一个城市去了。

为了出行更方便，我特地在上海的一家店里买了一辆电动自行车（其实这种车在中国由于速度性能等参数、使用场景的限制不被定义为摩托车，而是属于非机动车类）。刚骑上它的时候，我就被惊艳到了，我完全不理解这么轻便、快捷又安全的交通工具，德国人怎么就不使用呢？在上海的街头巷尾，电动自行车随处可见，大家都亲切地称它为"电瓶车"。

要说到吃的，中国的美食那可真是一座挖不完的宝藏！许多闻所未

♪ 2019年7月，涂鸿羲和朋友们进行水球大战

闻、见所未见的食物，一开始看着、闻着觉得挺陌生的，但心里想着喜不喜欢无所谓，一定要勇于尝试，于是我总会鼓励自己大胆地迈出第一步。比如皮蛋，黑不溜秋、滑溜溜的，还散发着一股独特的气味，第一次见到它的时候，我很难理解为什么会有那么多人钟情于它。当然这里不仅有本土的特色美食，还有来自韩国、日本等国的美食，走在街头，仿佛能吃遍全世界。

中国的科技也让我大开眼界。使用网络，不管是下载学习资料，还是和远在德国的家人朋友视频通话，都无比顺畅，从来不用担心卡顿掉线。

有一次，我听说深圳还有无人机送外卖，这简直太酷了！另外，东北式的蒸桑拿也给我留下了深刻印象，在热气腾腾的房间里蒸一蒸，浑身的疲惫都被一扫而空，那种酣畅淋漓的感觉，我至今难忘。

来中国留学，我最深的感悟就是一定要放开怀抱，什么都去体验一下。中国实在是太大了，每个省、每个城市都有着自己独特的文化底蕴。如果仅仅去过四五个省市，就轻易定义中国，那就太轻率了，因为中国就像一个巨大的万花筒，永远有看不完的精彩。

在中国丰富多彩的经历足够我回到德国后和朋友们分享好久好久，成为我一辈子都津津乐道的故事，让他们也一同感受中国的魅力。这一趟留学之旅，给予了我很多美好回忆，感恩遇见！

（文/涂鸿羲）

我的清华生活

坐在法兰克福飞往中国的洲际航班上，周围的一切仿佛都在轻声低语，告诉我：一场跨越国界的旅程已然开启，你即将踏入一个陌生而又充满惊喜的新世界。

这是我人生中第一次奔赴中国，航班上的午餐套餐中有很多中国食品，包装上都是汉字。虽然此前我还在为自己过了中文水平考试（HSK）四级感到有点自豪，可面对这些餐盒上的文字，我才觉得自己不过是个初窥中文的"小学生"。

这看似不起眼的小插曲，却悄然提示着我：接下来在中国的生活，将会像一场充满未知的探秘，需要我逐一解锁那些陌生又迷人的文化密码，开启一扇扇通往全新体验的大门。

这趟漫长的飞行途中，我有时看看书、睡睡觉，偶尔也会将目光投向窗外的云朵，放空思绪。彼时的心境，就像很多踏上全新征程的旅人一样，在计划和等待的日子里，会感到兴奋、激动。可当真正迈出第一步，当飞机划破长空朝着目的地飞去，一切又变得那么自然而然，只带着对未来的期许。

飞机到达后，我发现这里的机场非常大，人来人往。机场到处都是中

♪ 韩皓轩眼中的北京大兴国际机场非常大

文标志牌，那些汉字让人感觉既陌生又亲切，很多字我马上就认出来了，这个小发现让我暗自高兴。

原本，落地之后，我计划着凭借自己的"独立能力"，在机场订好酒店，再购置一些新鲜水果，犒劳一下长途劳顿的自己。可没想到付款环节却让我犯了难。在中国，大多数商店都使用微信或支付宝来收款，而我手中却只有外币现金以及准备好的信用卡，一时间没能用得上。好在来接我的老师帮我解决了这些问题。那一刻，我在心底默默感慨，这一趟中国之旅，才刚刚拉开序幕，文化差异的碰撞声就已响起，而我也将怀揣着一颗好奇与包容的心去探索和体会。

♪ 2021年6月，韩皓轩在德国伯乐中学中文教室里录制"汉语桥"比赛视频

♪ 韩皓轩喜欢清华园的宁静

　　录取我的清华大学在中国是一所殿堂级学府，是顶尖学生会聚的地方。其实一开始，我不敢想象能被录取。本来想去上亚琛工业大学或者慕尼黑工业大学，因为这两个学校的工程专业还不错。然而，命运总是有着奇妙的安排。高中三年的时光，中文就像一把钥匙，悄然开启了我对中国认知的大门。

　　很多书本中的中文以及别人口中的中国，总是撩拨着我的心弦，渐渐让我对中国产生了浓厚的兴趣。在高二的中国专题课上，我还专门写了一篇关于中国新能源的小论文。我甚至读过英文版的中国"十四五"规划……尤其是高三会考前我成功拿下了HSK四级证书，那一刻，心中有个声音愈发响亮：为什么不鼓起勇气，向着那遥远而迷人的清华大学勇敢一跃？于是，抱着期待，我郑重地向清华大学递交了申请。

辑二　七彩校园

我的中文老师——张云刚老师，是我探索中国文化道路上的指路人。他不仅不断拓宽我对那片东方土地的想象边界，还协助我申请了奖学金。申请流程很复杂，要提供很多的材料，每一步都不容易。很幸运，我被清华大学录取了！得到消息时，我瞬间被幸福的潮水淹没，欣喜若狂！真的非常感谢张老师的帮助。在此，我也想对那些心怀清华留学梦的学生说：人生漫漫，梦想的实现或许需要些许运气的眷顾，但倘若不鼓足勇气迈出第一步，又怎会知道能不能实现呢？勇敢去追吧。

初到中国，我需要先在首都师范大学进行预科学习。校园很漂亮，留学生宿舍环境也非常舒适。宿舍里的家具和床都是现成的，床铺柔软舒适，无须自带被褥，便可安然享受这一片温暖的小天地。我与一位来自马来西亚的同学同住一间双人宿舍，屋内还有独立浴室。这样的环境，让初来乍到、略显拘谨的我逐渐放松下来。

在这里，我结识了许多来自不同国家的留学生。有趣的是，环顾四周，竟没有遇见其他德国同胞。大家说着带有不同口音的中文，水平参差不齐，但相同的是，每个人都有着对知识的渴望、对这片陌生土地的好奇，都在为学好中文、融入中国而努力着。

因留学生集中居住，我能了解到不同国家的语言和饮食文化。无论是出入宿舍，或者在食堂吃饭，又或者是在傍晚时分的运动场上，总能轻易与他们碰面。而共同掌握的中文，恰似一条无形却坚韧的纽带，将我们连在一起，让交流变得更加顺畅。我们经常围坐在一起，聊起各自的国家、生活以及旅行计划。这一段段交流互动，成为我在中国校园里解锁的一段

♪ 2019年11月，韩皓轩（左）参加德国伯乐中学开放日活动时在中文展台前

♪ 2020年10月，韩皓轩在德国伯乐中学音乐教室为德国伯乐中文合唱团表演伴奏

十分有趣的经历。班上有十二个留学生，大家在一起的感觉就像一个大家庭，很团结友爱。上课的时候，老师总是很有耐心，也能快速地捕捉到我们发音的偏差并作出指导，这让我的中文口语能力很快得到提升。随着和国际生交往的深入，我感受到这种跨文化的交流为自己带来了更为宽广的视野。它不同于电视荧幕上的影像，也异于书本纸张上的文字描述。在这里，多元文化不再是抽象的概念，而是鲜活地存在于共同生活在同一栋楼里的每一位同学身上，触手可及，真实可感。

唯一让人有点遗憾的是，我们所在的校区里很少看到中国学生的身影。我在德国时想象自己来中国学习后，便能随时随地融入中国学生群体，与他们交流畅谈、共同探索知识。如今虽稍有落差，但这也让我更加珍惜与国际生相处的点滴时光，毕竟每一次交流都是一次文化的交融和友谊的升华。

我很喜欢这个相对小巧的校区，它为我们吃饭、学习、运动、交友提供了各种方便。校区里甚至还有清真食堂，真的是很贴心。这里并没有让我感到离家的不便，反而生活更加丰富，让我也更加憧憬未来在清华园里的精彩。

因为进入清华大学后我将学习的是机械工程专业，所以预科除了语言学习，也有理科相关的课程，如数学、物理等。老师讲课全部用中文，一开始，我发现自己中文听起来有点吃力。不过，我们班上有中文水平较高的同学，遇到这种情况时，我会请他们帮助。随着时间的推移，慢慢地，我也能适应课堂上的语言环境了，能够抓到一些关键的句式和表达，跟上老师上课的节奏也变得容易多了。这不禁让我回想起在德国高中初学中文的时光，跟着老师介绍的图形来认识和记忆汉字，最初很抓狂，但当真的理解规律后，渐渐中文就变得越来越容易学了。

一开始，我想通过交中国朋友，通过与他们的对话来提升自己的中文能力。然而，在校区遇到中国学生的机会少之又少。一个偶然的瞬间，我发现电视竟也是绝佳的"语言老师"。电视荧幕里，形形色色的中国人穿梭于多彩的生活场景，带着各自的口音，讲述着百态人生。自此，我就每天抽出时间看电视，我认为看电视对我提高中文水平很有帮助。于我而言，这不仅是学习中文，也是打开了一扇洞察中国社会的窗口。透过它，我领略着中文的精妙，感知着人们的日常需求。

学校好像也了解到国际生们在中文学习与交流中的磕绊，所以会有定期的测试，筛选出中文习得程度尚浅的同学，为他们量身定制语言班。此外，还会专门组织一些交流活动。活动中，中文是我们沟通的桥梁，不同肤色、不同国籍的我们也有了更多机会结交新朋友。

新学期开始后，各类活动精彩纷呈。其中抽奖活动就像打开一个个惊喜的盲盒，很有意思。最让我感到有趣的是，校园里居然有广播，播报着各类资讯，这在我过往的求学经历中从未有过。还有很多体育活动，也是友谊与交流的媒介。所以，只要时间允许，我都会去积极参加各种活动。这些活动，加深了我对学校在留学生组织和管理方面的了解，也让我不再觉得自己像一个在电子游戏中孤独闯关的角色了。

这些活动，有时还会踏出校园，迈向更广阔的天地。我们曾奔赴山东

♪ 2022年4月，韩皓轩骑自行车游览西安古城墙

曲阜与泰山，参观孔子家乡。通过亲眼看到那承载着厚重历史的中国古代人的居住环境，亲手触摸那刻着岁月痕迹的砖石，我对中国文化的认知，不再停留于书本的抽象文字。未来，我一定要踏上更多探寻中国文化的旅程，去聆听东方大地上更多古老而深沉的故事。

我很庆幸自己当初勇敢追求学习机会而选择了清华大学。来到中国，我的眼界变得更宽广，中文能力在磨砺中精进，自己也从懵懂走向成熟；更重要的是，我像一块海绵，汲取着中国文化的精华，体悟着独特的东方思维方式。学习路上，难免有灰心丧气的时刻，可每当看到身边同样努力奋进的国际生，那份坚毅便重回心间，总告诉自己不要放弃。

　　学习真的不是一件容易的事，所以我觉得多思考学习的方法很重要。接下来，有更多学习上或生活中的难题需要我去解锁，也有太多陌生而有趣的事情等待着我去探索。对比刚来的时候，我已经感受到自己有了明显的进步，这让我有信心坚持下去。我如此努力，是因为深知中国文化博大精深。我想更深入地学习，这不仅是为了学业精进，更是为助力未来发展而积累知识。我坚信，用心探索中国文化，未来一定会有更大的收获！

（文/韩皓轩）

温馨与眷恋

每当我回想起在昆明的那段留学生活，嘴角就忍不住上扬，心里满是温馨与眷恋。

昆明的天气很好，用一个中文词语来形容，叫作"四季如春"。走在云南大学校园里，仿佛置身于一片绿色的海洋，郁郁葱葱的树木随处可见。尤其是那银杏大道，一到秋天，金黄的银杏叶就纷纷扬扬飘落，像是给大地铺上了一层金色的地毯，美得如梦如幻。

每天最惬意的时光，莫过于从食堂精心挑选各种可口的食物，然后找一处静谧又充满自然气息的角落坐下，远远望着钟楼，听着小鸟欢快地叽叽喳喳叫个不停，看着松鼠在树枝间上蹿下跳。我们一边享受着美食，一边沉浸在这美好的校园景致之中，身心都得到了极大的放松。

回德国以后，好多德国人都好奇地问过我，在中国有没有因文化的差异而感到不适，我都会笑着回答，真的没有。因为在和中国人相处的过程中，我们既能坦诚地交流德中文化之间的差异，又总能惊喜地发现两者许多共通之处。而且呀，中国人的热情好客和真诚帮助，就像冬日里的暖阳，时刻温暖着我。

有一次，校本部组织了国际日的活动，图书馆门口的广场瞬间变成了

♪ 2018年4月2日，德国伯乐中文合唱团一行在云南大学正门前合影

一个五彩斑斓的"世界村"。一顶顶帐篷和一个个摊位有序地搭建起来，大家都激情满怀地在那儿展示自己国家的独特文化。

我了解到中国人对足球有着浓厚的兴趣，而我的家乡北莱茵－威斯特法伦州又有很多足球场馆，所以精心准备了关于德国足球文化的丰富资料，还配上了大量精彩的图片。从德国足球的辉煌历史，到那些激动人心的经典赛事，再到球迷们疯狂的助威场景，它们都将其一一呈现。

我还介绍了德国的特色食物，包括闻名世界的德国啤酒。当我向大家介绍德国啤酒酿造的传统工艺以及它在德国日常生活中的重要地位时，同学和老师们都听得津津有味，眼神里满是好奇与向往。尤其是我的口语老

♪ 郭娅娜喜欢远观云南大学标志性建筑之一——钟楼

师，对德国文化表现出了极大的热情，不停地向我提问。我们相谈甚欢，那种跨越文化的交流互动，真的是太美妙了。

在学校上课的时候，我适应得也比想象中快。学校的老师们仿佛有着神奇的魔法。他们深知留学生的需求，有着一套专门为我们定制的教学方法。一开始，老师们都会贴心地用英语和我们交流，让我们毫无障碍地跟上课程节奏。渐渐地，随着我们中文水平的提升，几个月后他们就都换成中文授课了。班上还有些来自东南亚的同学，他们不太会英语，但中文很好，这可"逼"得我不得不全程说中文。没想到，这反而成了我中文学习的加速剂，让我能越来越流利地用中文表达自己。

在生活中，中国的朋友也给予了我许多帮助，特别是在我生病受伤那些艰难时刻。刚到中国的时候，我可能是因为水土不服，生了一场病，整个人虚弱无力。一位中国朋友得知后，问清楚情况，带着药来看我，还教我怎么用药，每一个步骤、每一次剂量都讲解得清清楚楚，我的心里满是感动。后来去西双版纳的时候，我又不幸病倒了，人生地不熟的我焦急万分，这时也是中国朋友陪着我跑医院、挂号、找医生。中国医生给我开了中药，老师也发消息来嘱咐我各种忌口事项，辛辣的、油腻的食物都不能吃。这让从小在德国长大，从来没接触过中医，更对"忌口"毫无概念的我充满了新奇与疑惑。更让我惊叹的是，当我按照医生和老师的要求，捏着鼻子喝下那又苦又难闻的中药，再严格忌口之后，感冒竟然迅速好转了。那一刻，我对中医的神奇疗效有了更深刻的认识。

还有一次意外，让我至今难忘。我在宿舍楼打热水时，一不小心，滚

♪ 2018年4月2日，德国伯乐中文合唱团一行在云南大学会泽学院前合影

烫的热水瞬间洒到肚子上，钻心的疼痛让我忍不住哭了出来。我慌乱地跑去药店，由于中文还不熟练，憋红了脸也说不清受伤的情况，急得我只能手忙脚乱地比画着肚子和热水。好在店员十分善解人意，耐心了解情况后，给我推荐了一种纯天然的中成药药膏。回到宿舍，我跟妈妈打电话说了这件倒霉事，妈妈心疼地说肚子上肯定会留疤了。然而，奇迹再次发生。当我怀着忐忑的心情坚持涂抹那种中成药药膏后，伤口愈合得近乎完美，竟然一点疤痕都没有留下。想想我在德国经常踢足球受伤，腿上也有不少疤痕，我告诉自己，如果下次再受伤，一定要把这神奇的中国药膏用起来。

我们留学生入学前要进行体检，这是我第一次走进中国的医院。整个流程非常有序，从一个房间到另一个房间，各项检查都在有条不紊地进行着，而且做完检查后还会给每个人发体检报告，上面的内容很详细。在德国上大学不需要体检，即使体检了也不会有这么完整和详细的体检报告。我把这次的体检报告视为学习的至宝，仔细研究起上面的专业词汇来，尤其是那些身体部位和检查项目的中文表述。通过这次体检，我学到了好多实用的中文词汇——这完全是意外的收获呀！

在中国的留学生活，不知不觉间还改变了我的一些生活习惯，让我越来越"中式化"。比如我越来越喜欢温暖的饭菜。刚到中国的时候，我并不习惯吃粥类和汤类的食物，因为在德国我们早餐可从不吃热乎的东西。但在学校食堂尝过几次中式早餐后，那热气腾腾、营养丰富的各类粥品、包子、豆浆，渐渐征服了我。慢慢地，我习惯了每天去买上一份美味的中式早餐，开启活力满满的一天。如今回到德国，我时常会想念那些中式早餐的味道，还会自己动手做来吃呢。

昆明的生活，真的就如同这里四季如春的气候一般美好，温暖了一个异乡人。

（文／郭娅娜）

完美搭配

在中国留学的这段时光，我都是在美丽的云南师范大学度过的。这里有三万多名学生，和德国的波鸿鲁尔大学规模差不多。但和德国大学不同的是，这三万多名学生全都住在校园里。也正因如此，在校园里，我们可以尽情去做很多事情，校园生活也才很丰富。

课余时间，我喜欢去校园超市，那里就是我的"百宝箱"，时不时就想去溜达溜达，看看又上新了什么好吃的零食、好用的小物件。运动健身馆更是我的"快乐老家"，只要有空，我就一头扎进去健身，挥洒汗水的感觉很爽。这里的大学可太贴心了，日常生活里需要做的事儿，在校园里基本都能搞定。

上完课，我基本上每天都会直奔食堂。德国的大学食堂总是那么几样菜，但在这里，我每天都可以吃到不同的菜肴：川菜、滇菜、粤菜……应有尽有，几乎天天不重样。有时候，中国同学还会热情地拉着我去外面下馆子，他们推荐的当地美食，更是一绝，每一口都透着浓浓的昆明味儿。不过昆明的菜对我来说实在是太辣了，每次出去吃，我都得像个复读机一样，跟店员反复强调："不要辣，不要辣！"甚至去买薯条，我都得向店员特别强调一下，生怕一不留神，舌尖就被辣得"着火"了。

♪ 2016年10月，沙国强在云南师范大学大门前留影

云南的美食非常有特色，我想特别说说过桥米线，因为我觉得它非常好吃。据说，中国古代有一名秀才的妻子，为了让他在学习时能吃到热的饭菜，想出了用鸡汤保温的办法，后来就形成了现在的过桥米线。一个大碗里盛着滚烫的汤料，听说是用猪大骨、鸡骨、云南宣威火腿等长时间熬制而成的。吃的时候也很有讲究，要先喝汤，感受那滋味；接着把生鱼片、生肉片等放入汤中，用筷子轻轻拨动，不一会儿，食材就被烫熟了；然后放入熟肉；最后加入蔬菜、米线等，那味道简直绝了！

在校外吃完晚饭后，我会沿着街道散步消食。街道上会有和校园里不一样的场景，更有生活的烟火气，没想到中国老百姓的生活这么丰富多

♪ 2016年10月，沙国强（左）正在给他的朋友介绍汉字"物"

♪ 2016年10月，沙国强（右一）带领朋友们参观学校，介绍"老师"一词的德文

彩。我总能见到二三十个老年女性活力四射地聚在一起跳舞，动感的音乐顺着街道弥漫，仿佛要把整个夜晚都点燃，这在德国是绝对见不到的。我本来就喜欢音乐，每次听到节奏感强的旋律，脚就不听使唤，不由自主地被吸引过去，融入那热闹欢乐的氛围里。这种能随时参与到欢乐中的体验，让我对中国老百姓的生活多了一份亲近与喜爱。有时，这边的朋友会约我一起去唱歌。中国的KTV很多，对我这种爱唱歌的人来说简直太便捷了；德国可不这样，想找个合适的唱歌的地方可太难了。

不管是在校园里还是在街道上，处处都能发现生活的美好与惊喜。那些跳舞的人群、欢快的音乐，还有街边的小吃、美景，都让我感受到中国普通人的生活如此多姿多彩，也让我越来越喜欢这里。

♪ 2016年10月，沙国强（右一）与朋友在路边跟中国老百姓交谈，感受他们的幸福生活

♪ 参加精彩的足球比赛后,沙国强(第一排左三)与同学们的友谊变得越发深厚

  校园里,社团活动也很丰富多彩。我参加了学校的国际文化交流活动,比如中国传统节日的庆祝活动、各国美食分享会等。在这里,我有机会和来自不同国家的留学生一起交流,分享各自的文化和故事。在这些活动中,我不仅深入了解了中国文化等,还结交了许多朋友。没想到我能这么快融入云南师范大学的生活。我也感受到了同龄人的热情和友善,他们总是主动和我交流,邀请我参加各种活动,使我更快地融入其中。

  校园生活就是这么丰富多彩,紧张忙碌的学习和轻松惬意的课后时光完美搭配,让我每天都过得有滋有味。

(文/沙国强)

他们像一团火

四月中旬的一天,四川大学留学生辅导员突然通知我去办公室。去的路上,我不由得紧张,仔细想了想自己是否做错了什么。毕竟,在异国他乡求学,我总是很小心,生怕因为文化差异而犯错。到了办公室后,我看到除了辅导员,还有刚到四川大学时给了我很大帮助的周老师。她们微笑地看着我,让我原本紧张的心情才稍微放松了些。后来我才知道学校打算拍一个关于留学生在校学习生活的微纪录片,而我有幸被选中作为拍摄的对象。那一刻,我非常激动。

然而拍摄并不是那么容易,首先得有策划。老师、导演和我一起开了好几次会。在交流、讨论中,我们努力地从我的留学生活里,去发掘那些值得拍摄的素材。当得知我在德国一直是伯乐中文合唱团的成员时,导演他们很高兴,把我介绍到了四川大学的学生合唱团。

第一次见到这个合唱团其他同学时,我很兴奋。虽然大家对我的期望很高,但我知道,自己的歌唱水平并不是最出色的。尽管如此,每次和同学们一起排练时,我都非常开心。他们的专业和热情,就像一团火,感染着我,而且合唱团的指导老师也非常照顾我,总是耐心地纠正我的发音和节奏。在这个大家庭里,他们的温暖和包容让我渐渐有了一种归属感,那

♪ 2022年6月，潘昊琰在四川大学录音棚录制《成都》

是一种很奇妙的感觉。

六月初，阳光很好，微纪录片的拍摄终于开始。虽然只有两天的拍摄时间，但我心里还是非常紧张。第一个镜头就是起床后，像往常一样去教室上课。当我走进教室，眼前的场景让我一下子就蒙了。我原以为只有一两台小型摄像机，结果发现整个教室几乎全是摄制组，五台摄像机在不同机位同时工作，还有很多专业设备，从灯光到话筒再到无人机，等等。第一天的拍摄从早上八点一直到晚上七点，整整十一个小时。一天的拍摄结束以后，我非常疲惫，但也很快乐，回到宿舍一下子就倒在了床上。迷迷糊糊中，我带着笑意睡着了。

第二天的拍摄轻松了许

多，大部分的镜头在第一天已经完成了。这一天主要是拍摄与合唱团的同学们一起在舞台上演唱《成都》这首歌的情节。拍摄间隙，合唱团的同学们和我聊天，我们谈论着学生间那些平常的话题，比如学习、生活，还有各自国家的有趣事情。因为演唱顺序上有些变化，有同学还细心地帮我在乐谱上做了笔记，标记出重点部分。那一刻，我感到心里暖暖的。

我们一遍遍地演唱着这首歌，每一次闭上眼睛，《成都》那悠扬的旋律就在我的脑海里回荡，仿佛整个世界就只剩下这美妙的歌声。甚至有时候唱到高潮部分，我觉得自己浑身鸡皮疙瘩都起来了，那种来自心底的感动和共鸣，是我从未有过的体验。那种感觉好极了，很难用言语来形容。

♪ 2022年6月，潘昊琰（第二排左二）参加四川大学组织的留学生纪录片拍摄时和四川大学合唱团一起演唱《成都》

这首歌所表达的对成都的热爱，也让我更加深刻地感受到了中国文化里那种对自己家乡的眷恋，也让我也不禁想起了自己德国的家。

拍摄结束时，那些一直跟着我的摄像机突然都不见了。那种被关注的主角光环一下子消失，自己反倒有点不适应了。但让我特别开心的是，我和很多同学都成了好朋友，我们还交换了微信号，说好以后要经常联系。大家为了一个共同的目标齐心协力做一件事情的感觉真好，这种情谊与合作跨越了国界，让我体验到了不一样的感觉！

几个星期后，这部微纪录片发布了。看到视频后我做的第一件事就是把它传给远在德国的家人和朋友们。几个小时以后，我就收到来自世界各地的电话和信息，甚至我在塞尔维亚和克罗地亚的亲戚们也都在分享这个视频。大家都觉得这个视频制作得太专业了。最让我感动的是，我的妈妈和姐姐看到视频后甚至流下了眼泪。她们说，看到我在中国过得这么开心，学习生活都很顺利，她们在为我感到骄傲的同时，又觉得特别放心。那一刻，我深刻体会到了文化交流的力量，它不仅让家人更了解我的留学生活，也让不同国家的人通过这个视频，看到中国更多的真实生活。

四川大学就像一个温暖的大家庭，陪伴着我成长，让我变得越来越成熟。现在我们的课上完了，考试也结束了，预示着愉快的暑假即将拉开序幕。这是我第三次在成都度过夏天，但却是我在这里过的第一个真正的暑假。从打心底把成都当成自己的第二故乡开始，我就期盼着能在不上课的时候，好好地去感受这座城市的每一处美好，去探寻更多精彩的故事。我期待着在暑假里，走进那些街上的老茶馆，品味中国独特的茶香；期待着漫步在锦江边，欣赏那美丽的夜景；也期待着探访那些历史悠久的古迹，感受更多的中国传统文化。

现在，我终于有时间了！成都，这座让我心动的城市，在未来的日子里，我还想继续感受你的美好，感受你的温暖，让我们之间的故事更加丰富。

成都，我爱你！

（文/潘昊琰）

辑 三

Heimatferne

远方的家

HARMONIE IN FREMDEN TÖNEN
原来中国长这样
CHINA DURCH MUSIK ENTDECKEN

享受夏天

成都的盛夏，每年都有几天特别热，湿度也特别大。每每遇上这样的天气，我就感觉自己仿佛置身一只巨大的蒸笼，只要到户外待上几分钟，很快就会汗流浃背。我一开始对这样的气候很不适应，每次出门都像是一场挑战，后来才慢慢习惯了。炎炎夏日，最舒服的当然是有空调的地方，可我又实在不愿意因为贪恋这份清凉，而错过夏天那些精彩的活动。

六月的一天，我偶然发现学校附近有一个功夫馆。功夫，因为有着神秘的东方气息，总是对外国人非常具有吸引力。从那以后，我就经常去那里练习。

功夫馆里，有很多不同的功夫种类。一开始，馆里的中国人在练习时，总是多次试图把我摔倒。我以为他们是想在我这个身高近两米的德国人面前，证明自己的功夫很好。后来才明白，他们只是在认真地进行日常训练，并不是想证明什么。渐渐地，我和他们处成了好朋友，一起训练，相互切磋，结束后还会围坐在一起聊天，有时候也会一起吃饭，非常开心。

每个周六，我还会去参加一个由留学生组成的足球队的训练和比赛。足球队人非常多，大家来自不同的国家，每次踢完球后我们都去聚餐。我们不仅在自己的大学进行训练和比赛，还会去周边场馆。为了方便出行，

辑三　远方的家

♪ 2020年6月，潘昊琰（第一排左一）在功夫馆练习功夫

我经常会骑着电瓶车去。通过踢球，我认识了很多好朋友。最神奇的一次经历是在一座摩天大楼顶上的足球场踢球。从高高的楼顶可以俯瞰城市的美景，那里离蓝天很近，仿佛一伸手就能触摸到。那里的风也比在地面感受到的更强烈，即使天气炎热，踢完球后，站在楼顶露台的边缘，风一吹过，立即感觉凉爽和舒服。

夏天的时候，我和朋友们还会参加"国际足球赛"。在这个赛场上，大多是同一个国家的留学生组队参赛。本来我想加入德国队或奥地利队，但那几位朋友都是上了年纪的"大爷"，而塞尔维亚队的队员基本都是年轻人，我就选择了塞尔维亚队。年龄相仿的伙伴们在一起，有更多的共同话题。虽然我们没有成功晋级，但是没有关系，这并不影响我们享受踢球的快乐。能和朋友们一起在球场上奔跑，赛后一起分享美食，这本身就是一件很开心的事。

记得有一次，我们的球赛踢到决赛时，对阵双方是加纳队和中国队，气氛好到爆。现场的欢呼声、呐喊声形成了强大的声浪，我真切地感受到了足球的魅力和人们对体育的热情。在德国，这么大规模的民间国际足球赛不太可能出现。德国的体育赛事往往有着严格的组织和规范，大多由专业的体育机构或俱乐部承办。而在成都，这场由民间组织的足球赛却激发了人们巨大的激情，他们组织得太好了。我简直无法用语言准确描述我的

♪ 2020年6月，潘昊琰（中）和朋友们参加"国际足球赛"

辑三　远方的家

♪ 潘昊琰在比赛中准备踢球了

感受，只能尽情地享受着比赛带来的欢乐。

结束这些活动后，我和朋友们常常会一起去吃烧烤。烧烤和火锅一样，在成都很普遍，是这座城市夜生活中的一部分。"万物皆可烧烤"，这是我学到的一句关于烧烤的流行语。

刚开始我对这句话很怀疑，但当我走进烧烤摊，才发现这是真的。在烧烤摊上，我看到了各种奇特的食材都被用于烧烤，有动物内脏，比如鸡胗、鸭肠、猪肝，还有鸡爪、猪脑和带着壳的生牡蛎等。这里的蔬菜也会被竹签串起来，放到烤炉上，茄子、藕片、韭菜、香菇……应有尽有。起初面对这些奇特的食物，我不敢尝试。慢慢地，在朋友们的热情鼓励下，我才敢试吃，味道还不错。其中我最喜欢吃的是烤羊肉、烤牛肉、烤猪肉，还有烤鸡腿。

我和朋友们也偶尔去露天自助烧烤，各自都带点吃的喝的，尽情享受夏天的时光。我每次都骑着电瓶车去，尽管路程要一个小时左右，尽管一路上空气都是热的，感觉像有个吹风机一直在对着自己吹热风，然而这丝毫不影响我去参加聚会的热情。在这样的烧烤聚会上，大家围坐在一起，烤着美食，再讲一讲自己遇到的趣事，感觉轻松又自在。

现在回想起来，那个夏天我过得充实而愉快。在成都，我与朋友们度过了许多难忘的时刻。在我忙碌地学习、结交朋友、了解本土文化的时候，不知不觉地，也养成了许多本地人的生活习惯。当带着这些习惯回到德国时，我才更明显地察觉，它们是我在德国时从没有过的。这些独特的经历，让我学会了如何去接受不同的文化、感受生活的多彩。

♪ 新鲜美味的成都烧烤对潘昊琰
有着巨大的诱惑

深夜的四川大学荷花池,四周一片寂静,超级多的青蛙发出很大的叫声,那些声音组成一种奇怪的不和谐又刺激的高音部和声。可能我的闯入打扰了青蛙的合唱,当我走近时,它们的声音开始变小,而且不断向远处传去。随着青蛙们的离去,荷花池周围变得安静了。

这时,校园的节奏也慢了下来,在教室或图书馆学习的学生,也开始返回宿舍。一弯明亮的月亮,安静地挂在夜空。荷花散发出幽香,荷塘边的空气湿润又清新,让我不由得想起青城山的空气。

那是多年前,我参加"看四川"夏令营。我现在仍然记得当时在青城山老君阁看到"道"字的心情,还有张老师对我说的那句话——"头脑里的路和心里的路都是能通往山顶的"。就是这么一句简短的话,总是提醒着我去思考和探索人生的"道"。

现在,我已经真正地来到了中国,成为一名留学生。忙碌的学习生活和丰富的业余活动,让我没有多余时间再去看那座寺庙的"道"字,那个曾经给我带来深深触动的汉字,仍然安静地伫立在那个地方。

在这个宁静的夜晚,"道"这个字在我来到中国这么长的时间后,又一次闯入我心中。我问自己:以后会留在这里吗?如果留在这里,我会做什么?平日里,和朋友们交谈时,大家偶尔也会说起工作和居留的话题。不过,因为我目前还在学习,就没有更多地去想这些。对于远景目标是什么,好像暂时还没有答案。

我突然想到,或许可以用"道"的方法来思考这个问题。"道"那种顺应自然的智慧,让我明白,有些答案不用急于寻找,也许,某天它会很

♪ 2023年7月，潘昊琰在青城山与"道"合影

自然地出现在我的心中吧！我不再纠结以后的去留，好像受到一种祝福，我知道自己正朝着一个好的方向前行。这种内心的坚信，让我感受到了一种前所未有的平静。

后来，当我再次来到中国参加成都大运会的开幕式时，我心中有了一股强烈的冲动，想要再次去看看那个充满回忆的地方。于是我又去了青城山，看到了那个"道"字，它依然静静地镶嵌在墙壁上，散发着一种古朴而久远的气息。

在"道"字的墙壁前，我又跟它拍了一张合影。每次看着这张照片，我都会清楚地意识到，我对"道"的认识和想法，与当初张老师告诉我时我的感受是一样的。人生就像一场漫长的旅程，我需要找到真正属于自己的人生道路。这条道路，或许充满了未知与挑战，但只要不断探索、不断前行，我相信，终有一天,我会找到属于自己的"道"。而在中国的这段经历,无论是与朋友共度的欢乐时光,还是中国文化带给我的感受,都是我人生旅程宝贵的财富,指引我朝着更好的方向前行。

(文/潘昊琰)

秋天落在长椅上

风吹树叶,一片片地飘落在草地和树根边,落在路面,有时就落在脚边。秋天的南京大学小校区,微微有些凉意,看上去安静而美丽。

看到树叶飘落,我一边走一边想,哪天有时间,该去我们学校的大校区看看,不知道那里的景色会是怎样。

南京大学有两个校区。我被法律专业录取后,分在小校区。去另一个更大的校区,需要坐一个小时左右的车。

我常说,虽然我在小校区,但是"小"不代表不好。这里有很多树和绿色,还有图书馆、体育馆和食堂。有时候,我会去图书馆,但经常找不到空的位置,很多研究生全天都"泡"在那里。所以,我更喜欢在校园或校园外面,找一间咖啡馆,打开电脑学习。

后来我也去过大校区。我经常把去大校区当作一次小小的旅行,那里的景色和这边一样好。

有朋友对我说过,大校区虽然离市中心远一点,但风景更有特色,校园内不仅景色好,空气也更好,那里的学生就像生活在画里。其实,对我来说,我感受不到市区和郊区的明显差别。我经常到学校外面去逛,在我看来,南京到处都很像市中心,都有商店、药店、冰激凌店和饭馆,到处都能看到人。

南京是一个适合学习和生活的地方。我去过中国很多大城市，例如上海、广州和深圳，它们都太大了。南京和它们比较，生活相对便利，很多地方的距离比较近，我不容易走丢。校园生活比我想象的好。我们的宿舍前就是一个国际食堂，里面有很多美味的食物。旁边还有三个中餐食堂，什么都有，想吃什么就能吃到什么，我最喜欢吃饺子和包子。

♪ 2021年7月，梅若云收到南京大学录取通知书，准备赴华留学

我不会说太多学业的难，归根结底，这取决于你有多想做，以及你对提高中文水平的决心有多大。在你明确自己要做什么后，你只需持续努力，一步步地去实现自己的目标。来南京不久，我很快就有了适合自己生活和学习的习惯，日常生活中几乎没有两国"时差"的痕迹。虽然在德国的学习生活也很有意思，但我更喜欢新的挑战，中国正好能满足我的这一愿望。中国也为年轻人提供了各种机会。我平时学业非常繁忙，想要学好中国的法律，需要花大量的时间和精力去阅读。如果将来想从事国际性工作的话，就更需要认真学习。随着时间的推移，我对这里的生活越来越适应。这里有很多国际生，留学生宿舍已经住满了，运动场里也经常能看到

♪ 2021年9月3日，梅若云（右一）留学中国前，与海洋（左二）、韩皓轩（右二）等一起，在德国伯乐中学原校长、中文合唱团名誉主席司空佩岩（左一）家包饺子

♪ 2021年9月3日，梅若云（左二）留学中国前，与韩皓轩（左一）、海洋（右二）等一起，在德国伯乐中学原校长、中文合唱团名誉主席司空佩岩（右一）家做蛋糕

很多留学生在运动。我刚来时的担心也没有了,现在的我已经很适应南京的生活,非常庆幸自己能够来到这里学习。

说起来可能有点奇怪,因为忙于学业,我还没有好好游览过南京。

我在南京去得最多的地方,就是咖啡馆了,有萌宠主题的咖啡馆,有阅读主题的咖啡馆,等等。天气好的时候,我还会骑车出去放松一下,累了就停下来喝喝咖啡、尝尝中国美食。有时候我自己去逛,有时候和朋友一起,在街角、路边感受普通人的生活气息,这就是我心目中的南京。

我去过几次夫子庙。那里太大了,有很多不同的古建筑,很热闹,每次我都能发现其中的不一样;餐馆、商店也有很多,去一次根本不够。南京本地的特色美食是鸭肉,鸭肉在这里有许多种做法,烤鸭、盐水鸭和板鸭都很有名。南京本地的包子是有汤汁的,叫作汤包。你在吃包子的时候,可以喝到被包在包子皮中的鲜美汤汁。

其实,我对南京美丽景点和城市特色的了解,来自大学微信群的一个同学。我来南京的第一个晚上,和群里的有些人在一家餐馆见了面。也是从那一天起,我就和这个同学相处得非常好,至今我们仍有联系。

这位同学向我介绍了南京当地的风土人情,对我了解南京很有帮助。她说,我应该去看看江。所以后来,我专门去看了一次。看图片时,并没有太多感觉;但等到了江边,简直太震撼了。因为德国的江小,我从来没见过这样宽广的江。我后来知道了,这里的江就是中国最有名的长江。长江从西向东,流经中国的很多省市,来到南京时,就是下游(靠近东边的一段)了。

♪ 梅若云在南京大学就读期间，前往夫子庙参观、游玩

梅若云喜欢南京的特色美食之———盐水鸭

　　还有一次，我和三个中国朋友一起去了南京动物园，见到了大熊猫和考拉。我们在一个高处，看到了动物园全景，我觉得很震撼。更让我惊喜的是，动物园居然有游乐设施，比如大风车等。在南京，很多商场或街区的角落，能看到一些专供儿童玩乐的区域，对于父母带孩子来玩，是很方便的。这样的区域很普遍，习惯之后，就会把它当作街景或商场的一部分，不会再特别去留意。这些小惊喜和小发现，让我的日常生活充满了活力和意义，也让我的南京生活有了更多的乐趣。

辑三　远方的家

大部分时间，我并没有想要专门去看什么，就是闲逛。这里很多建筑和街角都充满了历史的气息，从中能够看到不少传统中国建筑的式样。看看这些街景，就是领略不同的风景。这里的商场也比德国大很多，有很多国际品牌。所以，我觉得这种闲逛，就是我在南京最好的旅行。

今后有时间，我还会去探索那些旅游手册上介绍的南京其他景点。很多景点应该和古代中国的历史和文化有关，因为南京是中国古代六个王朝定都的地方，历史遗迹非常多。我的心态就是这样，既然在这里上学，就要多去看看，多去了解。

♪ 南京清凉山崇正书院美丽的一角，让梅若云感到舒心

放假的时候，我还去过其他城市旅行，比如上海。我们乘坐的是慢车，用了四个多小时，快车只要一个多小时。虽然隔得不远，但是没有想到上海也有自己的方言和饮食，我还学了点儿上海话。我也去过成都和广州，这些地方又有各自不同的方言和饮食。有时候想想，还真的很有意思。虽然人们可以在网上和书里了解到中国，但是亲身经历后的感受是完全不一样的。中国的每个城市都有它独特的魅力。

秋天来到的时候，朋友说南京的秋天很美，应该去栖霞山看枫叶和银杏。我依旧没有时间去，只能在小校区看看飘落的枫叶和银杏。后来我又去了大校区，到处都有学生在拍照，满地金黄色的落叶，看上去非常壮观，有一种诗意的美感。

闲逛时，我也会更加注意那些在秋天变出美丽颜色的植物，它们就在我经常去的一处公园的长椅边。如果天气好，和平时一样，我就拿本书，找张长椅，坐在那里看书。看见树叶被风吹落在长椅上的缤纷，仿佛南京的秋天落在我的长椅上；好像也正在告诉我，一个和德国不同的季节故事。

我喜欢这样的秋天。

（文/梅若云）

外面的世界很精彩

清华大学位于北京西边的海淀区，校区很大，古朴与现代风格交织的建筑错落分布，独具韵味。海淀区有很多大学，不乏知名学府，学术氛围很浓郁，声名远扬的北京大学也在海淀区。在我来中国之前，很多人告诉我清华的理工科实力卓绝，北大的文科可谓泰山北斗。两所大学各有优势，在中国人心中它们都是无可争议的顶尖名校。所以，我觉得自己能来清华大学留学，真的很幸运。

校园生活五彩缤纷，校园外面的世界，就像一本永远翻不完的精彩故事书，每一页都藏着惊喜。

北京和欧洲城市相比，差别很大。据说有超过2100万的人生活在北京，而埃森的人口比北京少太多，还不到60万。数字看似抽象，可当生活的细节将其具象化，我才真切感受到北京的"大"。

北京有很多不同的城市中心，商场到处都是，随便走进一家，于我而言，都像闯入一座巨型购物王国。比如，北京王府井就有很多购物商店密密麻麻地排列着。在德国，一般一个城市就只有一个购物中心，这般对比，着实震撼。

以前听说北京"大"，可真等双脚站上这片土地时，亲眼所见带来的

♪ 韩皓升喜欢逛北京的商场

冲击，远超想象边界。这里的购物中心集聚各种大牌商店，它们基本都是同一个分布构造，楼下卖各类商品，顶楼则是美食的天堂。我觉得最酷的就是，有的商场高层还设有滑冰、跳舞、拳击等学习场地，这在德国根本没有，我仿佛瞬间穿越到另一个世界。

普通商店更是随处可见。在学校所处的海淀区，许多大楼下面就是美食店，不管何时，只要走上几步，美食便能到手，非常方便。街道上，不时有电瓶车穿行而过，骑车的大多是送外卖的小哥。他们穿梭在大街小巷，为我们的生活带来了各种方便。在这里，随时都可以在网上订购东西，再远都能送达。

北京的交通基础设施建设很好，地铁织就的网络四通八达，出行很便捷。我觉得最有意思的是微型车，它们的模样与普通车相仿，却更小巧。

辑三　远方的家

一遇堵车，它们便灵活地钻进小道。而且，北京也有很多电动汽车，路上的绿色牌照，比起德国，那可是多了太多。

在城里，共享单车随处可见，使用非常方便。我经常骑共享单车出行，只需用手机扫描车上的二维码，"咔嗒"一声，就能打开锁骑行。我一开始不敢在北京骑自行车，但北京太大了，城区划分了好多环线，靠走路根本到不了想去的地方。无奈之下尝试骑行，没想到，这里有专门的自行车道，骑行其间，很有安全感。德国的城市，比如埃森就没有自行车道，自行车与汽车只能在同一条路上"抢道"，没有这般贴心。在北京骑车的时候，我用高德地图导航，也不用担心找不到目的地或迷路，这使得我逐渐扩大了自己的活动范围。我常常坐地铁到一个地方，出站后骑上共享单车，或者是输入目的地开始探索，或者是随心闲逛，我就用这种方式漫游北京。

北京还有很多西式快餐连锁店，它们也懂得入乡随俗，会依据中国人的口味，做出带有本土风味的特色美食。如今，我都能像个"本地通"一样，给大家推荐几家传统小吃店了。店里的美食都是地道中国味，价格实惠，对我们学生来说，是很好的选择。随着中国经济飞速发展，北京的很多地方变得都很现代。若真想探寻这座城市往昔的饮食文化，得去寻觅那些岁月沉淀下满是故事的老店。北京的夜生活也很丰富，晚上出来散步很享受。有时，我甚至深夜一点还跑出去吃夜宵，随性的生活，与在德国的"规矩"相比，真的太不一样了。

在这座巨大又充满活力的城市里，来来往往的人，都忙忙碌碌的。夜深了，外卖小哥仍在街头奔波，还有些二十四小时不打烊的超市和餐馆，彻夜灯火通明。在北京骑行的日子，让我深深觉察到市区与郊区生活的巨大反差。我默默地观察这座城市，慢慢地感受它的热闹、繁华，还有那些藏在烟火气里的故事，都值得用心去探索。

♪ 韩皓轩望向夜晚还在为大家的生活带来便利的外卖小哥背影，思绪万千

很多人说秋天才是北京一年中最好的季节。其实在北京待久了，你就会发现，这里的每个季节都是独特的，各自都有不同的感觉和味道。比如，北京的夏季，光线很强，地面温度很高，有时会有阵雨。有趣的是，北京这座城市太大了，常常会出现这样奇妙的现象：当一个城区在下雨时，另一个城区可能还是阳光普照。而且，北京的西北部有山，所以每一次日落都是特别的，它给城市生活带来了新鲜别致的色彩。

北京的落日真的太赞了！在城市里不一定总能幸运地看到绝美落日，但是到了颐和园——以前的皇家园林，一切就变得不一样了。那里的长廊像一条艺术的长河，墙壁上绘满了精美的画，每幅画都像在诉说着古老的故事。假山很别致，宫殿有着皇家的威严和气派。而那片巨大而安静的人工湖，在微风吹过时，水波轻轻荡漾。站在湖边，视野没有遮挡，远处的落日渐渐下沉，将天空染成一片橙红色，倒映在湖面上，那一刻真的是美不胜收！

北京的胡同也极具特色，我刚来北京的时候对胡同并不太了解，后来才慢慢感受到。胡同，是过去北京人生活的核心区域，也是展现中国传统社会文化形态的地方。南锣鼓巷，是北京胡同中比较有名的代表，许多关于北京旅行的书籍或文章，都曾提到过这个地方。北京还有很多小胡同，随时都可以骑自行车去看一看。穿行在这些胡同之间，能感受到那份宁静

♪ 韩皓轩被颐和园落日的美惊艳到了

♪ 韩皓轩喜欢骑自行车穿行于北京胡同里，感受老北京人的惬意生活

与质朴。在胡同里生活的人互相认识，感觉像家人一样。我观察到，他们的邻里关系比生活在高楼大厦中的人群更为紧密。胡同中还有很多街边小吃和店铺，这些店至今保留着传统风格，与现代都市风格不同，别有一番韵味。走在胡同里的感觉并不像在大城市，而像坐上了"时光机"，回到了北京的过去。

北京，这座历史悠久的城市，有很多历史古迹可供人们入内游览，比如雍和宫。它由中国清朝的康熙皇帝下令修建，赐予四子（即后来的雍正皇帝）。特别的是，另一位清朝的皇帝乾隆诞生于此。由于和两位皇帝都有关系，雍和宫的建筑被特许使用黄瓦红墙，这是和皇宫紫禁城一样的规格。后来雍和宫被改为喇嘛庙。参观这里，是我第一次如此沉浸式地感受

辑三　远方的家

♪ 韩皓轩眼中的北京雍和宫，庄严而神圣

中华文化。那种庄严与神圣，深深地触动了我。

　　我强烈推荐大家去参观北京的博物馆。这里的博物馆展出的许多藏品都蕴含着中国悠久的历史。比如坐落在天安门广场旁的国家博物馆，场馆面积很大，进馆参观需要提前预约——因为每天的参观者都非常多，在排队的时候你可以听到来自全中国的各种口音。由于场馆太大，在里面稍不留神就会走丢。馆内的一些专业词汇，我其实没有办法完全看懂，但当我渐渐了解中国五千多年的发展历程，尤其是中国科技发展史时，内心的震撼是无法用言语来形容的。

　　国家博物馆还藏有很多艺术品，最特别的就是三星堆的展品。我到中国后，曾经去过成都附近的广汉，参观了三星堆博物馆，也就是这些文物出土的地方。所以在北京再次见到来自三星堆的展品时，我感觉很亲切。令人遗憾的是，目前三星堆的展品在北京展出的数量还较少，但每一件都独具特色。展品中有的人物形象很独特，充满了神秘感；有的看起来十分精致，展现出古代工匠的高超技术。尤其是那些面具，每一个都独一无二，与如今批量生产的物品完全不同。在德国的时候，我们学校老师曾经教我们画过三星堆的面具，现在亲眼见到，真的太震撼了！德国没有这么长的历史，所以我通过国家博物馆里的这些千年文物，真正感受到了中国历史的悠久。

♪ 德国伯乐中文合唱团成员韩皓轩的绘画作品《三星堆青铜面具》

♪ 德国伯乐中文合唱团成员毕成的绘画作品《三星堆青铜面具》

我还参观了北京艺术博物馆，那里同样让我大开眼界。馆内收藏了很多风格各异的艺术品，但是展陈的文字介绍基本都是中文术语，对我来说太难理解了。即便如此，我依然被精美的艺术品深深吸引。通过这些艺术作品，我看到了中国不同的山水和人们的生活。记得有一次，我在那里观看了一个特展，是关于内蒙古的，那是我第一次近距离地了解草原文化，让我对中国多元文化又有了进一步的认识。

♪ 2023年7月，韩皓轩和朋友们在四川广汉三星堆博物馆参观后，对神秘的三星堆产生了强烈的好奇心

通过参观这些博物馆，我认识到北京作为中国文化中心的重要地位。北京的博物馆类型极为丰富多样，展览品质极高。这里的很多展览主题，不仅仅与北京这个城市有关，还涉及整个国家不同地区的悠久历史文化。中国其他地方的博物馆，比如四川的三星堆博物馆、西安的秦始皇兵马俑博物馆也都是顶级的博物馆，同样非常令人震撼。

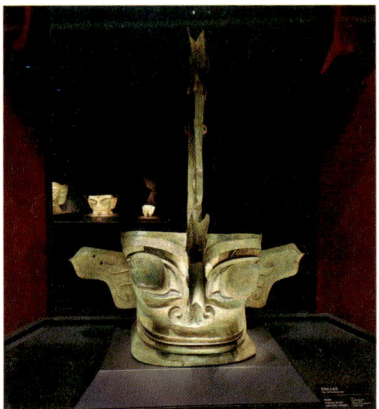

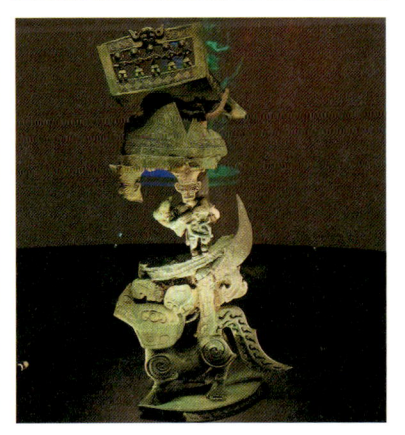

♪ 三星堆博物馆藏品的美让韩皓轩感到震撼

♪ 2023年8月，韩皓轩在北京天坛前留影

继续探索北京的时候，这个巨大的城市，带给了我更多新奇而独特的体验。我很喜欢用相机记录下每一个精彩的瞬间，拍下了很多有意思的照片，比如故宫、天坛，等等。这些照片不仅记录着我造访过的这座城市的名胜古迹，还记录着我对北京的新发现和新认知。每一次按下快门，都是我与这座城市对话的瞬间，也是我探索中国文化的见证。

我喜欢北京。

（文/韩皓轩）

第二课堂

中国人爱说，不要"读死书，死读书"。

这简单的几个字，其实有着中国人独特的读书智慧。大家看重的是把知识学活，把书读透，让文字真正走进生活。

把书读活，在很大程度上，任务就落到了"第二课堂"的肩上。

"第二课堂"在哪儿呢？自然不在那四方的教室里，也不在书桌上。它在校园以外广阔的天地中，在成都熙熙攘攘的街头，在藏满色彩的书店，在人潮汹涌的地铁，也在热辣滚烫的火锅店……那里是文化与生活的相融。那里有一本本摊开的"书"，厚重、精彩，有"嚼头"。

一个成都本地的朋友知道我平日里爱看书，便打算带我去看看成都的书展——天府书展，说要让我感受一下天府之国浓郁的书香气息。

那天一大早，这位朋友就开车来接我。车刚一停稳，他就满脸笑意地对我说："走，我们先去垫垫肚子，我知道有家很不错的早点铺子，他家的小笼包非常好吃。"我心里满是好奇，跟着他七拐八拐就到了店。很快热气腾腾的小笼包就被端上了桌子，朋友一边拿起筷子，一边跟我介绍："这可是中国传统的特色小吃，虽然我们成都人爱吃辣，可这小笼包是不辣的，你尝尝！"我小心地夹起一个，轻轻咬上一口，软软的面皮里包着

♪　潘昊琰的成都朋友请他吃的美味小笼包

肉馅，那鲜美的肉汁瞬间在嘴里爆开，真的很好吃。

吃完早饭后，我们继续前往书展。和很多热心的本地朋友一样，他一边开车，一边还不忘客串导游。路上他告诉了我许多地标建筑的名称，或者哪座大厦里有哪些有名的国际公司。

"那个造型独特的建筑，到了晚上灯光一亮，可漂亮啦！"听着他的介绍，我心里也在想着，如果在德国，我带中国朋友去埃森或者鲁尔，大概率不会这么细致地跟他们讲这些建筑，可能就自顾自地赶路。

可我认识的中国朋友，都喜欢告诉我建筑的名称和特点，他们好像也很担心我迷路。从这点，我感受到了中国人的细心和友善。

到了天府书展后，呈现在我们面前的主展厅很大，抬头望去，很多巨大的图书海报从大厅上方的金属架上垂下来，宛如知识的瀑布。扑面而来的工业风设计，和我印象中成都的悠闲惬意竟有那么点不一样的感觉，让我看到了这座城市活力满满的另一面：原来成都不仅有烟火气，还有这么现代时尚的工业感。

书展现场，那可真是书迷的天堂！各类图书琳琅满目，人们穿梭其中，脸上都兴致盎然。我和朋友也很有兴趣，这儿看看，那儿看看。我俩全程拿着手机拍摄。我更是兴致勃勃地一边出镜，一边像个专业讲解员似的，介绍自己挑选的每一本书和每一个文创。在中国，大家似乎热衷于用手机拍摄视频记录生活的点滴，比德国人更喜欢。不管是美食、美景，还是像这样的活动，总能看到人们举着手机，捕捉美好瞬间。我也渐渐爱上了这种记录方式。这些在中国拍摄的视频，都是珍贵回忆。后来，我把它们传到网盘里，也分享给了远在德国的合唱团朋友们，还把我在天府书展上为他们选的一些书和文创都快递了过去。我每次打开网盘翻看，都像是重新回到了那段刚到中国时探索求知、充满惊喜的日子。

这一趟天府书展之行，是我的留学生活中非常有意思的一天。它不仅让我买到了很多心仪的好书，更让我深入地体验到了中国文化的多元。这些书就像忠实的伙伴，在之后的留学时光里，陪伴我度过一个个安静的夜晚，陪着我一点点揭开中国文化神秘的面纱，让我从最初带着陌生与好奇踏上这片土地，到如今被它打动，沉迷其中，盼望着能把这些美好的中国记忆带回德国。

♪ 2022年10月，潘昊琰来到天府书展，准备为德国伯乐中文合唱团的小伙伴选书

♪ 2022年10月，潘昊琰（中）和朋友们在拍摄天府书展Vlog时，体验数字融合出版产品——《欢乐中国节》

♪ 2022年10月，潘昊琰在参观天府书展时，与喜欢的三星堆元素合影

辑三　远方的家

留学生活刚开始的时候，我每天只去几个自己熟悉的地方，学校、宿舍和附近常去的超市。这些地方就像是我在陌生国度里的安全岛，让我在初来乍到的不安中寻得一丝安慰。

随着日子一天天过去，我渐渐发现，只去这些熟悉的地方远远无法满足生活的需求。因为我待办事项的清单上总会有很多事，需要我去更多不同的地方。这时我才深刻意识到，适应留学生活，远比我想象中要艰难得多——那种感觉，就好像自己突然被抛到了另外一个星球。

这里的生活方式，与我在德国所熟知的完全不一样，尤其是在时间的感知和管理方面。我在德国埃森长大，那是一座精致而小巧的城市。而成都，这座中国城市，给我的第一印象就是大得超乎想象，它的面积是埃森的六十多倍。这巨大的差异意味着，我不能再沿用在德国时那一套时间管理方法，必须摸索出新的方法来规划我的时间。

特别是作为新来的人，我对这里的交通状况一无所知。我根本不知道这里的交通高峰期是什么时候，哪些路段容易出现堵车。由于无法正确估计距离和行程所需要的时间，最初和朋友约会时我经常迟到。

使用不同交通工具时，我也遇到了各种各样与时间管理相关的问题。成都街头有很多共享单车，使用它们方便

♪ 便捷的成都地铁让潘昊琰高效出行

又灵活，我经常会选择骑共享单车出行。然而，这些单车需要走到学校大门口才有。而且，使用共享单车时我总会遇到一些意想不到的状况。有时越有急事，就越难找到一辆可用的共享单车；而当我不那么着急时，它们又好像到处都是。因为共享单车随时都在被人骑走，如果一个停放点没有了，我就得去其他停放点寻找，这一来一回，往往会用掉很多的时间。

多次打车以后，我发现这里路上的距离转换为时间的感觉，和我在德国也不一样。在德国，我对每一段路程所需要的时间都有着清楚的概念，但在这里，一切都因为陌生而无法掌握。不过，在慢慢熟悉了一些路线之后，我发现，如果我提前一点出发，坐地铁其实是一个非常不错的选择。

在成都，最方便的出行方式就是坐地铁，但地铁有时会很挤，进入地铁后需要去售票机或人工售票窗口买票，这一过程的时间也不太好估算。要是买票的人多，就会花很多的时间。我后来才知道，坐地铁也可以使用高科技手段的，只要下载专门的App，刷码就能轻松进出站，这能节省不少时间。一开始坐地铁时，因为毫无经验，我也是没有头绪。比如，我看见车厢里人太挤，心想等下一趟车应该会好一些吧，结果下一趟车反而更挤。不过，随着坐地铁次数的增多，我也慢慢适应了这种拥挤的状态，人多时就跟着大家一起挤进去，渐渐地也就习以为常了。

随着出行的次数越来越多，我也逐渐掌握了一些规律，能"推算"出更为精确的时间范围，也能更好地做出时间管理了。在这个过程中，我不仅学会了如何在这座城市高效地出行，也从另一个角度真实地感受到了这座城市的不同。适应成都的"时间"对我来说，的确是一门全新且有挑战的功课。

成都是四川省的省会，这座城市有很多独特的魅力，这里的火锅非常有名。我第一次吃火锅，那时还没来多久，是跟很多中国朋友和外国朋友一起去吃的。我们去的那家火锅店，离市区比较远，本来以为远一点的地方人会相对少一些，可当我们抵达时，却被眼前的景象震惊了。店外有不少人在排队等待，店内人也非常多，热闹非凡。这样喧闹的场景，让我瞬间就断定，我们即将吃到的应该是正宗的成都火锅，因为当地朋友早就告诉我，吃东西去人多的地方准没错。

店内空气中弥漫着浓郁的香辣味，那是成都火锅独有的味道。我们围坐在一张大圆桌旁，服务员很快就端上了一个大锅。那是一口圆形的锅，造型独特，中间部分的圆形容器里装着白色的汤料，是不辣的，很小一圈；环绕着这圈白色的汤料，是一大圈红色的汤料，一看就知道非常辣。两种汤料在同一个锅里煮，它们各自翻滚，彼此并不干扰，也不会混合在一起，这神奇的景象让我不禁感叹中国饮食文化的精妙。朋友笑着向我介绍，这种火锅叫作鸳鸯火锅，它巧妙地将两种完全不同的口味融合在一起，满足了不同人的需求。我还了解到，四川本地人大多更偏爱那种全部是红色汤底的火锅，可见他们对辣味的热爱。

火锅的食材丰富多样，有常见的肉类和新鲜的蔬菜，这些在德国的餐桌上也并不罕见。但也有一些非常奇特的食材，却是吃火锅的本地人通常必点的特色食材，比如毛肚、鸭血、鸭肠……这些是绝对不可能出现在德国餐桌上的。我在朋友们的极力推荐下，还是鼓起勇气尝了一些。当鸭肠

♪ 潘昊琰与朋友们吃的四川火锅和各类配菜

♪ 潘昊琰的朋友向他介绍制作四川火锅用的花椒等作料

在滚烫的锅中被数了"七上八下"后,我小心翼翼地将它放入口中,那爽脆的口感瞬间在舌尖绽放,味道还不错,似乎并没有"听起来"那么可怕。鸭血滑嫩得像豆腐,入口即化;毛肚也带着独特的嚼劲……

吃火锅时,有一套独特的流程。把食材扔到辣的或不辣的汤料里烫熟后,需要放到蘸料碗里蘸一下再吃。这里的蘸料,主要是由很多大蒜和芝麻油等构成。这种独特的搭配,不仅增添了别样的风味,还能起到一定的解辣作用。我夹起一块在白汤里煮熟的牛肉,放入蘸料中轻轻翻滚,让它充分裹上蘸料,然后放入口中,味道真心不错。怀着好奇,我也尝试吃了吃辣汤里煮出来的食材,刚一入口,辣味瞬间在口腔中爆发。不一会儿我就被辣出了汗,真的是太刺激了!

通过这次吃火锅的经历,我感受到中国人和德国人吃的东西和口味有很大的不同。德国人吃东西可以接受咸味,但对于辣味,大多数人都不太适应。而四川是一个无辣不欢的地方。这里的人们对辣味有着深深的热爱,辣味已经融入他们生活的方方面面。在德国,菜名往往能清晰地传达出菜品的主要食材和口味特点,但在这里,我完全无法从菜名上判断出一道菜是辣还是不辣。有过几次被辣到的经历后,在点菜的时候,我总会追问服务员一句:"这道菜是不是辣的?"

看一看周围其他的桌子,人们围着火锅,一边聊着天,一边尽情地享受着美食,那种感觉特别舒服。在火锅的热气腾腾中,人与人之间的距离好像被拉得更近了,那种欢乐的氛围深深地感染了我。那一刻,我感受到了火锅不仅仅是一种美食,更是连接着人与人之间情感的纽带。它体现着中国丰富的饮食文化和浓厚的人情味。

后来,在我们的留学生宿舍里,也有同学买火锅底料,自己动手做"正宗"的火锅。那锅里全是红色的,散发出很浓郁和诱人的香味。不过,由于我不太能吃辣,更多的是享受火锅的香味和氛围。

在成都待久了就会知道,这里独特的口味不仅有辣,还有麻。辣味是辣椒产生的,麻味是一种叫花椒的植物产生的。当麻和辣混合在一起的时候,口感非常独特,给人的味觉带来很刺激的感觉。

我不建议那些刚来的留学生,马上就去体验火锅。因为火锅的食材种类很多,煮的方式也有讲究,如果食物烫不熟,或者肠胃还不习惯这种重口味的食物,很可能就会导致拉肚子。所以,我建议大家先逐渐习惯本地的一些口味,给肠胃一个适应期,然后再去勇敢地尝试火锅这道独特的美食。相信在慢慢适应的过程中,你们也会像我一样,被各种民间文化的奇妙所打动。在这里,每一次尝试,每一次体验,都让我有不同的感受,并收获一段段美好的回忆。

(文/潘昊琰)

体验"川味"

凌晨五点，机场候机大厅里灯光柔和。赶在入关之前，我和海洋拼命地吃完了妈妈塞进包里的一块奶酪。奶酪的香气在口中散开，那是家乡的味道，更是妈妈的爱。虽然这是我第三次到中国，但却是第一次以留学生的身份到成都，我觉得很特别。

走进四川师范大学，第一感觉就是——非常大。宽阔的道路，众多的树木，来来往往的学生。虽然这不是中国最大的大学，但是相比于德国的普通学校，已经非常大了。我们这个校区的留学生宿舍是两人一间，布置温馨，和酒店的普通标间差不多。

刚上中文课的时候，因高中三年的中文学习经历，我被分到中级班。结果进了中级班才发现，自己的中文水平与同学们差距很大。老师讲解时我像在听天书，也只能勉强写几个汉字。其他同学大多是年龄比我们大的大学生，中文水平比我们高，我和海洋作为班里仅有的高中生，既尴尬又暗下决心要努力追赶。

入学不久，我便结识了很多中国朋友。其中有一个与我非常要好，一开始我们用英语交流，很不顺利；后来，随着中文的进步，我们就只说中文了。她不仅在语言学习上帮助我，还给我介绍了很多校外朋友。这些朋友来自中国各地，都很热情，让我感受到了来自中国同龄人的温暖。

在中国的前半年，我像个好奇的探险家，特别喜欢到处旅游。十一黄金周，学校组织我们去爬峨眉山。怀着期待和好奇，我踏上了那段很有挑战的旅程。

峨眉山的道路几乎都是石梯路，德国没有这么高的山，也没有这么长的石梯带人们通向山顶。沿着弯曲的山路向上，地势比较陡峭，山路两旁植被很茂密，有着各种各样的植物。我被峨眉山的生物多样性震撼了。那里不仅有高大挺拔的树木，还有许多我没见过的奇花异草，空气中充满了清新的植物香气，让人陶醉其中。

一路上，我们遇到了很多可爱的猴子，它们成了那次爬山途中最有趣的风景。这些猴子很活泼，有的在树枝间跳跃，有的悠闲地坐在石头上晒太阳。当我们靠近时，它们一点也不害怕，反而好奇地看着我们这群外来的游客。有一只调皮的小猴子，突然跳到我们队伍中间，一把抢走了其中一个同学的手机，然后迅速跳到一旁的石头上，得意地摆弄着手机，那模样像是在向我们炫耀它的"战利品"。正准备追赶，一旁的景区工作人员立刻制止了我们。他们耐心地向我们解释，峨眉山的猴子虽然可爱，但它们毕竟是野生动物，有一定的野性，我们不能随意追赶或激怒它们，不然可能会发生危险。而且，景区为了保护这些猴子和游客的安全，实施了一系列管理措施，比如设置专门的投喂区域，禁止游客在非指定区域投喂食物，以防止猴子因过度依赖人类投喂而改变自然习性，同时也避免因争抢食物引发冲突。

后来我才知道，峨眉山的猴子"抢东西"是出了名的。我们只好安静地观察着这些猴子。看着它们在山林间自由自在地生活，我感受到了景区对动物的爱护和对生态环境保护的重视。景区为猴子们提供了一个良好的生存环境，让它们能够在这片美丽的山林中生存下去。

经过漫长而艰辛的攀登，我们终于爬到了山顶。峨眉山顶，云雾缭绕，如诗如画，远处的山峰若隐若现。看着这样的美景，之前的疲惫一下消除了很多。同行的人告诉我，峨眉山的山顶又叫"金顶"，因为这里的日出、云海等景观在特定条件下会表现出金色的视觉效果。日出之时，当太阳从云海中缓缓升起，阳光照向大地，给整个山顶披上一层金色，云也被染成金色。可惜那次我没能亲眼看到那样壮观美丽的场面。站在那里，我心中充满了对大自然的敬畏和对这次奇妙旅程的满足。

听说峨眉山是佛教圣地，我们在山上看到了很多寺庙。这些寺庙建筑风格独特，有很多信徒和游客前来朝拜和观光。德国的山，虽然也有一些与宗教相关的建筑和传说，但多与基督教有关，如教堂和修道院，这与峨眉山的佛教文化有着明显的差异。

外国人来中国，一定要体验坐火车。我坐过高铁和绿皮火车，感受完全不同。

高铁便捷舒适，速度也很快。有次我没买到高铁票，从上海到成都坐了三十八个小时的绿皮火车。本以为会枯燥，可车厢里非常热闹，乘客们有的聊天，有的吃东西，还有的玩游戏，大家似乎想用各种有趣的活动来打发这漫长的时间。那次漫长的绿皮火车之旅也让我看到了中国老百姓的生活状态。

这些"初次"体验和经历，也成了我留学回忆里难忘的一部分。

刚到四川师范大学的时候，我忐忑又期待地去外面吃饭，这也是我自己第一次单独在中国点菜。

看了一眼菜单，我只认识上面画的动物，完全猜不出具体是什么口味的菜。犹豫后，我点了土豆牛肉盖饭，因为我自信地认出"土豆"两个字，这是我熟悉的食物，这就完全够了。哪知道这个菜超级辣，是我吃过最辣的菜。当天的天气非常炎热，配上火辣辣的土豆牛肉盖饭，吃完后我大汗淋漓。但我对那份辣味意犹未尽，这全新的体验让我对中国美食更加感到好奇。

四川师范大学的食堂和德国的食堂完全不一样，可以选择的菜品非常多，我估计几个月都不会重样。有时候我在食堂碰到中国学生，他们都非常热情。只要问他们去哪里吃，他们一定会推荐附近的"苍蝇馆子"，也就是那些看上去环境一般但饭菜味道却很好的店。中国学生说，那里绝对有最正宗的菜。

我建议，来中国一定要品尝街边小吃，不管是什么，一定都要试一试。小吃的种类非常丰富，口味也各有特色。在成都体验街边小吃，也可以吃到中国其他许多地方的美食。从香辣的串串到软糯的红糖糍粑，每一种都独具魅力，令人回味无穷。

我十九岁的生日是在成都过的。在德国，我们过生日习惯邀请朋友来家里，围坐分享美食、谈心。那次，我也按德国风俗，在房间准备了很多成

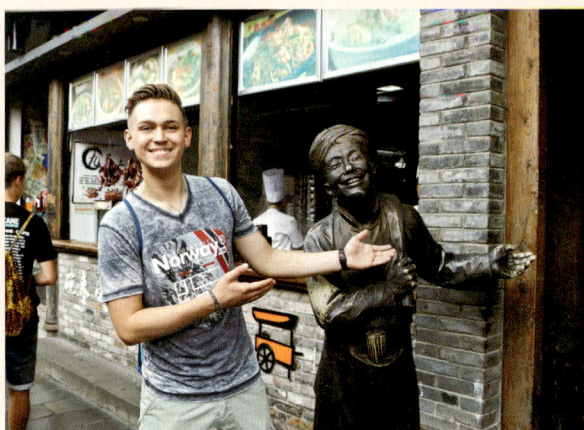

♪ 马天宇在成都感受独特的巴蜀文化魅力

都美食招待朋友。朋友们陆续到来，氛围很好，大家一边说笑，一边品尝着成都的特色美食。虽然语言交流有些障碍，但笑容却拉近了彼此的距离。

后来，一个中国朋友请我们去KTV，因为在那里，十二点的时候大家会一起唱生日歌，而且一定会有蛋糕。为了庆祝，大家还要开心地进行"蛋糕大战"，这跟德国很不一样。我也享受到了他们准备的漂亮的蛋糕，蛋糕上的蜡烛闪烁着温暖的光芒。大家为我唱生日歌，祝我生日快乐。唱完歌，"蛋糕大战"开始，奶油飞舞，每个人都很快乐。和德国式过生日时安静地享受美食、祝福不同，我觉得中国式过生日更热闹、更有活力。

之后，我又在其他中国朋友的生日聚会上体验了"蛋糕大战"。随着朋友增多，我参加的生日聚会也越来越多，对这种充满当地特色的"生日味道"渐渐习以为常。但每次参加，我依然能感受到中国文化的独特魅力。它让我这个异国人感受到大家对友谊的重视，以及那种家的温暖。

在这个过程中，我也体会到了中外文化的差异。德国文化注重秩序和严谨，中国文化也有，但有时

♪ 2016年10月，马天宇正在跟中国书法家学习书法

♪ 2016年10月，马天宇（左）收到中国友人赠送的一幅书法作品《中德友谊万古长青》

候更充满热情和活力。这种差异并未让我感到陌生，反而激发了我更深入探索中国文化的欲望。期间，我还与一位书法家成为朋友，跟他学习书法。他还赠送了我一幅书法作品——《中德友谊万古长青》，我珍藏至今。从最初的新奇，到逐渐被很多细节打动，我已深深喜欢上了这里。

这些在中国的经历，记录着我的成长与收获，也饱含着我对中国文化的热爱与敬意。我相信，这段留学经历将是我一生中非常宝贵的回忆。

（文／马天宇）

藏在城市中的老胡同

北京是中国的首都。第一次来到北京，我就被这偌大的城市所吸引。放眼望去，有很多摩天大楼，大楼的玻璃幕墙在阳光的照射下闪着光芒，北京给人的印象是一座充满了未来感的城市。北京的建筑风格也很多样，有的是简洁工业风，表现出科技与力量的融合；有的造型独特，如鸟巢充满艺术感，展示着这座城市的包容与创新。

北京的地铁站内，班次很多，站台干净整洁，地图标注简单醒目，城市交通线非常清楚，不管到哪里都很方便。走出地铁站，街边停放着共享单车，只需拿出手机轻松扫下码，便能开始一段随心的骑行之旅。这让我可以骑着自行车慢悠悠地感受北京。

街道上，人们熟练地使用移动支付，无论是购买一份早餐，还是在商场购物，只需拿出手机轻轻一扫，交易瞬间完成，高效又便捷。智能科技已经渗透到人们生活的方方面面。无人超市里，顾客自主挑选商品，不用排队结账，科技带来的便利令人惊叹。

我刚来北京的那几天，暂时住在酒店。在一个阳光明媚的午后，我漫无目的地出去逛，拐过几条街道，竟意外走到了一片老式建筑区。那里的建筑风格与我之前看到的现代高楼迥然不同，简直有强烈的时光穿梭之感。后来经别人介绍，我才知道那里是"老北京"，有着很深厚的历史底蕴。

眼前的房子几乎都是由青砖堆砌而成的平房。有些墙面是红色的，在阳光下显得非常漂亮；有些墙面是灰色的，可能是被时间褪去了原本的色彩。老北京的房子很像一位位有着丰富经历的老人，静静地诉说着他们的不同往事。

在老北京的建筑里，我印象最深的就是胡同。"胡同"的"同"在中文里是个多音字，在这里它并不发常用的二声，而是四声。我时常会念出来，觉得这个名字真好听。

我第一次进入胡同，就像爱丽丝掉进了兔子洞，瞬

♪ 阿芷若喜欢骑着自行车感受北京的傍晚

间被带入一个充满惊喜与新奇的世界。街道很窄，两旁有各种小摊，竟然也可以扫码支付。商贩一口地道的北京话，像是在唱又像是在说，用一种很奇特的腔调喊着："冰糖葫芦儿——"这种老北京的感觉很有以前的生活气息。让我惊奇的是，这里还有一些现代风格的咖啡馆和小店。

不少胡同里还有更小的胡同，我完全不知道走哪条路，只能随便选一条。你永远不知道下一个拐角会有什么样的惊喜。我一路上看到了剪纸、画糖人，还有很多从来没见过的小吃，因为是一个人逛，就没有去进行太多尝试，只是好奇地感受着周围的一切。

胡同里，游客来来往往，很多带着家人的中国游客，也有不少外国游客。他们拿着相机，好奇地拍着每一个独特的画面。有的外国人与中国人热情地交谈着，我不知道他们在聊什么，也不知道他们语言通不通，但通过手势和笑容，也能感受到他们之间的友好。我观察到那里的邻里关系很好，很有人情味。居民们常在院子里或胡同口聊天、下棋、晒太阳，整个社区氛围让人感到温馨、舒服。

在北京这座现代又庞大的城市，我真没想到还有这种地方，能让人看到以前中国老百姓的生活。老北京的胡同，既保留了古老的建筑风格和传统的生活习俗，又包容着来自世界各地的文化元素。那里的一砖一瓦、一草一木，都有很多年前的历史记忆。

胡同真是一个神奇的地方。它将现代的活力与传统的习惯完美地融合在一起。它与周围的高楼形成了鲜明的对比，却又很和谐。在那里，我同时看到了过去与现在、传统与现代。这次偶然发现的老北京胡同，加深了

♪ 2024年3月,阿芷若(左一)和北京大学同学在未名湖畔合影

我对中国的印象和好奇心。以后如果有时间,我一定会再到那里,放慢脚步,细细品味那里独有的韵味,感受那份地道的老北京风情。我相信,将会有更多来自世界各地的人,来北京感受中国文化的魅力。

(文/阿芷若)

♪ 德国伯乐中文合唱团成员范雨棠为北京冬奥会创作的绘画作品《一起向未来》

♪ 德国伯乐中文合唱团成员旷天铭为北京冬奥会创作的绘画作品《加油》

原来中国长这样

辑 四

Tiefblick

深读中国

原来
HARMONIE
IN
FREMDEN TÖNEN
中国长这样
CHINA DURCH MUSIK ENTDECKEN

黄山：看见的，想看见的

我觉得中国的许多方面都非常有魅力，不管是风景、美食，还是文化、人。对我来说，想要真实地了解中国的历史文化，从书上去看，远不如实地造访更能有所收获。这也是我来中国后，在学习之余，总是想尽办法挤出时间去很多地方游历的原因。

黄山是其中一个非常有名的风景地，也是世界文化与自然遗产。当得知有一个机会可以去黄山时，我很兴奋，立即通过App买了高铁票和黄山景区的门票。从北京出发，乘坐高铁六个小时左右就能抵达黄山北站，之后转乘公交车或坐出租车就可以到达黄山市区了。如果赶时间，可以乘坐飞机，两个多小时就可以到达。我是黄昏的时候到达黄山市的，好友早已在那里等候。

黄山市给我的感觉，就像因黄山景区而诞生的城市。德国很多小城镇，同样也是以风景区而闻名，展现出其独特的风格。从地图上看，黄山市在安徽省南部，这里是中国徽州文化的发源地。我们用了一个晚上的时间在黄山市内闲逛，街道两旁有很多宾馆、客栈和餐馆。我们去了屯溪老街附近，那里很热闹，美食也很多。

我和朋友找到一家餐馆，品尝了当地的特色菜肴。朋友给我介绍，黄

♪ 海洋和朋友一起尝试著名徽菜——红烧臭鳜鱼

山本地菜属于中国八大菜系之一——徽菜。其中臭鳜鱼是一道传统名菜，价格也相对较高。一开始我还担心这道菜会像皮蛋一样，成为外国人口中的"黑暗料理"，属于那种被中国网友列入传说中超级不适合外国人吃的菜品，但秉持着探索的精神，我还是决定尝试一下。其实，品尝之后我觉得鱼的肉质非常鲜美，虽然带着一点发酵食品特有的味道，略微有点怪，不过总的来说，我还是能够接受的。

在中国，有许多像臭鳜鱼这样制作工艺独特的菜肴，发酵是常见的手法，在当地人心中，它们是无可替代的美味。但对于来自世界各地的游客而言，饮食习惯的差异可能会让吃这些美食成为挑战。我想，这种现象在世界上很多地方都有。就像俄罗斯的酸黄瓜，在俄罗斯人心中是美食，但其他国家的人却不一定吃得惯。

我喜欢的不是这些"硬菜"，而是一些黄山小吃。黄山烧饼是一种很美味的烤饼，颜色金黄，散发着诱人的香气，一口吃下去非常酥脆。还有一种汤也很好喝，洁白的汤汁中有蘑菇、笋和火腿，味道非常鲜美，但具

♪ 海洋和朋友一起品尝酥脆而美味的黄山烧饼

体的名字我忘了。

　　第二天一早，我们便迫不及待地前往此行的目的地——黄山景区。乘坐大巴到达景区后，尽管有索道可以上山，但我和朋友想要亲身感受黄山的魅力，便都选择徒步上山。山里的空气，比起城市清新了许多。沿途的景色被绿色的植被装点着，十分美丽，环境也十分安静，那氛围让人陶醉不已。

  黄山有"五绝"，意思就是有五种非常独特的景色，分别是奇松、怪石、云海、温泉和冬雪。可惜这次来的季节和冬雪无缘，但奇松、怪石和云海都让我大饱眼福，随手一拍都是很美妙的景色，我特别拍了这里的松树。这些松树大多生长在岩石上，即使缺少土壤，也依然长得笔直翠绿，这样的生命力令人叹服。听说中国很多画家每年都要来这里写生，画这里的松树。黄山的山岩也很有特点，很多山体都是光秃秃的，冷峻的线条勾画出大自然的神奇。

  沿着古老的登山道往上走，道路很险，据说这些石阶是古人登山的唯一通道。途中，我们还遇到了大雾，刚刚还看得很清楚的地方，一下子就变得模糊不清了，好像在仙境一样，十分奇妙。远处，缆车在浓雾中缓缓穿行，那种感觉也很梦幻。

  终于，我们到达了黄山标志性的景观——黄山迎客松。这是一棵在中国很有名的松树，它非常受人喜爱。据说很多人来黄山，就是为了一睹这棵松树的风采。这棵松树生长在一块岩石之上，据说树龄已超过1300年。有一侧树枝，很像一个人伸出手臂在表示欢迎，所以人们叫它迎客松。而另一侧树枝，有点像一个人的手插在裤袋里。这个姿势很放松，有几分优雅。中国很多有名的画家都画过它，它也常常被用来比喻中国面对世界时的一种和平友好的姿态。

  看了迎客松后，我们在一处游客聚集的地方稍作休息，吃过饭后便又朝可以看日出和日落的地方出发。一路上，清新的空气始终围绕在身边。

♪ 海洋与朋友在爬山途中看见阳光下的黄山迎客松

我们还看到了一些摩崖石刻，有诗文，有佛像，很精美，也让人感觉到黄山是一座不平凡的山。在遥远的古代，就有无数人来到这里，留下了很多珍贵的遗存。

由于我们是算好时间上来的，所以没等多久，日落便降临了。阳光在云层中折射的颜色不断变幻着，云海在我们的眼前翻滚，时明时暗，好像在弹奏一首辉煌的交响曲，每一种变化都很奇妙，真的太壮观了！我望着眼前翻滚着橘红色、金色光线的云海，还有那一轮发红的圆圆的落日，这样的自然景色，只能用壮丽和激动人心来形容！我和朋友一直在拍照和录视频，每一刻的变化都值得记录，都令人沉醉。直到此时，我也才真正地明白，为什么黄山是中国著名的景区，为什么它能吸引无数画家来寻找灵感。这样的美景，如此震撼，太值得看了！

随着在中国所见所学越来越多，我已经知道山水是中国文化中非常重要的组成部分，它是中国人精神世界的一种象征。黄山迎客松的坚韧、挺拔，还有黄山日出、日落等自然景象所蕴含的强大力量，在中国文化中，都成为一种可以人格化的美好、坚毅、博大。

从黄山下来后，我们还去了一处离得很近的古民居村落（宏村）。那个村落被列为世界文化遗产。踏入那里，仿佛进入一幅水墨画卷。那里有许多白墙黑瓦的房子，被称为徽州民居。素雅的色调，在时光里静静地散发着古朴而迷人的气息。民居的布局很精巧，很多都是天井式结构。听人介绍，天井是这类房子的眼。通过天井，阳光可以照射进来，为室内带来光亮；雨水也可以顺着屋檐流入天井，象征着好运的汇聚。

徽州民居的木雕也很有特色。房屋的很多结构上，都雕刻着精美

♪ 海洋在徽州民居中看见寓意丰富的天井

的图案，有花鸟鱼虫，还有人物故事。砖雕同样独特，有的描绘了市井生活的热闹场景，有的则雕刻了山水田园风光。在古巷里漫步，能感受到强烈的艺术感。

别致的徽州民居，与周边的池塘、绿树构成一幅和谐美好的水墨画卷，让人觉得生活在这里好像都会变得更加安详和幸福。这样的环境，让我感受到有着另一种韵味的中国，它虽然也是在现代的中国，却又仿佛带着神秘和朴素的美感"遗世独存"。

♪ 2023年6月，海洋在徽州呈坎八卦村游览

♪ 海洋为徽州民居与周围环境构成的水墨画卷深深着迷

♪ 2023年6月，海洋在徽州古城城门前留影

♪ 2023年6月，海洋在中国徽州文化博物馆参观

　　有些地方就是这样，只需一眼，便让人难以忘怀，从自然景观到人文历史，都打动人心。对于我这样的外国游客，黄山就是这样的地方。当你身临其境，便知道其中独特的美妙。我期待着未来在中国还能发现更多令人心动的美好。

（文/海洋）

名不虚传的"复兴号"

教室窗外的蝉鸣声一天天热闹起来，我迎来了在中国的第一个暑假。

安排暑期出行计划时，中国同学邀请我一同前往著名的旅游胜地——贵州。

同学们告诉我，贵州是四川的邻居，也是中国唯一没有平原的省份。那里独特的喀斯特地貌、森林覆盖着的山脉、宜人的气候和美味的食物，都让我充满了向往。

这次旅游我们选择乘坐高铁前往。在同学们的协助下，我成功地在手机上预订好了车票。看着他们熟练的操作，我想起了在德国手机订票刚兴起但还没普及时，很多人依然喜欢去火车站排队买票。

第一次到成都东站，我竟一时分不清这是机场还是火车站。映入眼帘的是宽敞明亮的候车大厅、车次信息清晰的显示大屏，以及有序排队的民众。没等一会儿，广播就提示我们的列车到站了。和德国的火车站不同的是，这里需要检票才能到月台，而德国直接就能去到月

♪ 潘昊琰和同学们乘坐的"复兴号"高铁

台了。我们一刷手机二维码就通过了检票口，我终于要坐上期盼已久的高铁了！

大开眼界，这还只是开始。

走进车厢，我把行李放在头顶的行李架上，迫不及待找到自己的座位坐了下来。座位前的小桌板能放我的随身物品，又宽又柔软的坐椅舒适得让我感觉立刻就能睡着。但我更控制不住激动的心情，好奇地和同学们讨论起这闻名世界的交通工具。

听同学们说，这列高铁叫"复兴号"，速度最快能达到400千米/小时。在热烈的交谈中，我们的列车出发了。我紧盯着车厢里显示的时速，上面的数字不停地增加，我也时不时地拿手机拍下来发微信朋友圈。让我感到惊喜的是，之前担心行驶中会摇晃，实际上竟然一点都没有。

窗外的风景如画卷般在眼前展开，我一边享受着美丽的景色，一边体验着列车乘务员的周到服务。到了饭点，服务人员推着餐车售卖盒饭，人们用手机扫码就能支付。最神奇的是，乘客居然还可以用手机预订其他食物，也就是外卖，等到下一站停车时预订好的食物就会被人送到车上来。不过，我最喜欢的还是在火车上吃方便面，因为我觉得泡面的味道配上车里的氛围别有一番风味。

你能想象在火车上居然可以自己接热水吗？我拿出早已买好的方便面，来到车厢前面的开水间，一边泡面，一边拍视频。我要让德国的小伙伴们瞧一瞧中国高铁的神奇！不知不觉，窗外的景象由广阔的平原渐渐变成了起伏的山脉。原来，我们到贵州啦！一看手表，六百多千米的路程，竟然只用了不到四个小时，"复兴号"高铁果然名不虚传。

一下车，我就感受到了这里的气候和成都不同。虽然7月是贵州最热的季节，但也比成都凉爽不少。同学们提前做好了攻略，带着我去了一家地道的贵州餐厅。第一次尝试酸酸辣辣的贵州菜，我竟然觉得十分美味。还有一种地方传统特色美食也让我印象深刻——"丝娃娃"，在极薄的面皮上，整齐地摆放各式各样的配菜，有豆芽、黄瓜丝、酸辣萝卜，将它们卷入面皮，再浇上特制的汤汁，一口下去，口感非常丰富。热情的餐厅老板还给我们推荐了许多不错的餐厅。

贵州给人的感觉是一个不大的省份。那里外国人很少，旅行途中我只

♪ 2022年7月，潘昊琰（第一排左三）在贵州体验美食

♪ 2022年7月，潘昊琰（中）在贵州与当地人合影

♪ 2022年7月，潘昊琰（右）在贵州乌江源百里画廊旅游时与同学合影

见到过一个外国人，他和中国妻子住在那里。他见到我们时表现得非常亲切，因为他已经很久没有见过外国人了。

我们还去了毕节，在一处河流参观，周围的山非常漂亮。那个地方叫乌江源百里画廊，水非常清澈，给人一种特别宁静的感觉。人们可以坐上游船感受两岸山峰的险峻，那些山峰一座又一座连在一起，还有瀑布从山岩上泻下，给人的感觉就像是在"活"的中国山水画中旅游。你只有见过传统的中国山水画——用墨和毛笔画在特殊的中国纸张上作的那种画，才会明白这里为什么会叫作"画廊"。因为那些陡峭的岩石，就是中国山水画家们喜欢描绘的模样。事实上，这也是贵州独特的喀斯特地貌的一部分。

在那里，我们还看到了少数民族的多彩文化。那里的姑娘们用很高的音调唱歌，虽然我听不懂，但还是被美妙的歌声深深打动了。中国的少数民族风情竟如此吸引人。此外，我还学到了一个词语，叫作"原生态"。

这次旅途中还有四川省内外其他大学的留学生，我们晚上在一起聊天，互相交流着自己的留学经历，真是太有意思了。

据说，来贵州，还应该去看的一个地方是"天眼"。不过，我们的行程中没有安排。我在网上搜索了很多关于"天眼"的知识，知道了它是一个能看向宇宙的巨大的望远镜，建在贵州大山深处的一个"大坑"里。虽然修建这么大的工程困难重重，但是中国人却能克服这些困难，用最短的时间创造一个如此巨大的奇迹。没有见到它，我实在无法想象它到底有多大。如果有机会再来贵州，我一定会去看"天眼"的。

行程虽然有些累，但我和同学们都认为很值得。无论是贵州美丽的风景，还是原生态的歌唱，都深深地留在我的记忆中。

（文／潘昊琰）

在三亚，放空自己

寒假的时候，我决定和几个朋友一起去三亚看看。三亚，在留学生圈里热度挺高，不仅因为宜人的气候，还因为它位于海南自贸区。

刚到北京大学时，有一次我在宿舍附近散步，欣赏着校园里的景色。偶然间，我听到不远处有两个学生在说俄语。从外表看，他们很可能来自中亚，我猜他们是哈萨克族人。我来回走着，犹豫着是否要走近他们，与他们交谈。最后，我鼓起勇气走到他们面前，既紧张又忐忑地做起自我介绍。就这样，他们两位成为我在北京大学最早认识的朋友。

通过他们，我认识了更多的朋友，其中一位朋友在三亚拥有一套公寓，得知我们对三亚的向往后，他热情地邀请大家前去度假，我们可以不用付旅馆费，住在他的公寓里。就这样，我们来了一次说走就走的旅行。

我们一行九个人，经过讨论，选择乘坐火车开启这段漫长的旅程。这趟从北京到三亚的列车，单程需要四十多个小时，途中还需搭乘渡轮过海。

一路南下，窗外的景色如同幻灯片不断切换。北方的平原很广阔，偶尔会有一些低矮的丘陵。远处村落里升起的炊烟，给这寒冷的冬天增加了一些温暖的气息。随着列车不断前行，渐渐能看到山了，山上光秃秃的。

越往南走,景色的变化越明显。山水逐渐多了起来,绿色的植物也多了起来。火车在山间穿梭,有时进入隧道,有时跨越桥梁,给人一种穿越仙境的感觉。

火车不停地向南行驶,离海南省越来越近,温度也渐渐升高。火车到达广东最南边时,需要跨越琼州海峡才能到达海南岛。而最让我觉得神奇的是,火车竟然要搭乘渡轮过海。过海时,火车会被拆分成四部分,通过专门的轨道被牵引到渡轮上。等渡轮靠岸后,火车车厢又会被重新连接起来,继续向三亚前进。

列车上,乘务员介绍说,三亚因纬度偏低而气候温暖,所以,冬天很多中国人都会去那里度假;加上自贸区的免税政策,也吸引了很多中国人去购物。

我们乘坐的列车,设施先进又齐全,每个车厢都有六张床,两边各三张床,布局合理,睡觉舒适。出发的时候,我们穿着冬天的外套。随着列车离三亚越来越近,气温也逐渐升高。抵达三亚时,气温已经到了二十六摄氏度,此时我们穿着夏天的T恤下车,感觉到了一个充满活力的全新世界。

朋友的公寓离沙滩不远,周边是一片片充满生机的椰子树、棕榈树,甚至还有调皮的小猴子四处乱跑。光脚踩在沙滩上,细腻的沙粒包裹着脚掌,奇妙的感觉从脚底传来。海水又蓝又干净,海浪不停地拍着沙滩,泛起一些洁白的泡沫,发出有节奏的声音,像是某种悦耳的低吟。海风带着大海的气息,夹杂着淡淡的海水咸味,以及椰子树散发的清香。椰子树又

♪ 让海洋和朋友们陶醉的三亚海边

高又大，叶片在风中摇摆。这些都让我们沉醉其中。

在沙滩上，我们或是慢跑，或是打排球、踢足球，每天都喝着清甜的椰汁，吃着鲜美的海鲜，这样的假期简直太舒服了！

冬季的三亚，非常适合冲浪，我们也决定去体验一下。在冲浪海滩，所有冲浪用品，包括衣服都可以租到，

♪ 2023年1月，海洋在三亚海边

有许多中国人在那里冲浪。由于我们当中大多数人都是新手，便跟着一位教练先做了一些简单的基础练习。

我以前没有冲过浪，算是"小白"，但因有玩滑板的经验，很快就掌握了要领。我跟着教练去到指定水域，开始滑水。尝试两三次后，终于掌握了技巧，能够在冲浪板上滑一小段，那种感觉真爽！

同行的一位留学生冲浪技术高超，我们一起围观了他的表演。他在浪尖上自由穿梭，滑得很飘逸，我看得心痒痒，很想快速达到那样的水平。不过教练提醒我们，以目前的技术，我们只适合在安全水域玩。

冲浪的体验太棒了，我们玩得不亦乐乎。之后，我们又商量着去潜水。虽然听说夏天才是三亚潜水的最好季节，但我们还是找到了一个冬季

的潜水点。在接受了一些基础训练、了解了技术与安全事项后，我们换上了租来的潜水设备。潜水教练告诉我们，如果夏天来这里，在水下能遇见鱼群，海水的透明度也更好。下水后，身边虽然没有鱼群，但能看到水下的模样，我已经感到很满足了。潜水俱乐部的工作人员还帮我在水底拍了照。

体验过潜水后，我们乘坐游艇去观赏了周边海域的美丽风光。因为冲浪和潜水的感觉非常棒，我们决定再玩一些平时很少玩的项目。去游乐场玩过山车成为新的选项。游乐场不算很大，但氛围很好，游客很多。大家兴致勃勃地买了票——久违的失重体验令我印象深刻，那种感觉真是一言难尽。

饮食方面，三亚的海鲜又多又新鲜，贝类、虾、螃蟹，还有各种海鱼……即使是路边一家普通的小店，也能品尝到在大城市高档餐厅里才能享受到的美味。这里的餐饮也非常国际化，我们发现了一家味道非常正宗的俄罗斯餐厅，品尝了美味菜肴之后，大家都格外高兴。

在三亚，我们看到过身着传统服饰的中国老人，还有来自不同国家的游客，大家都享受着那里温暖的阳光。商场里，既有卖中国传统手工艺品的摊位，也有摆满进口商品的免税店。说着不同语言的人，在这里交流、购物、分享，一切都显得那么自然、和谐。

三亚的那段时光，与我在北京、成都的生活完全不同，有时感觉好像到了另外一个国度。大海和海风的独特氛围，让我暂时忘记了城市的喧闹。有时我们会带着食物在海滩上静静地看着大海发呆，什么事也不做，只是单纯地感受眼前的景色，清空自己。

　　作为留学生，在一个陌生的国度，无论是上学还是旅游，我深刻体会到主动社交的重要性。我的经历就是证明。从在北大校园里勇敢地与他人交流，到认识朋友，与他们成为好哥们，再到因朋友的邀约而踏上这场难忘之旅，每一步都让我收获很多。度假期间的相处，让大家的友情变得更加深厚。

　　三亚，像一个文化交流的小世界。在那片蓝天下、在大海的拥抱里，大家很自然地融合到一起。那里的每一段经历、每一次相遇，都给我留下了美好的回忆。如果夏天有机会，我希望自己还能去三亚。

（文/海洋）

三人行

在成都的那段日子，我并没想过自己有机会去滑雪。在那以前，我完全没有注意到成都周围还有雪山。因为成都位于四川盆地，高山挡住了北方的冷空气，使成都的冬季很少下雪。

那天，很多来自不同国家的朋友聚在一起吃饭，大家围坐在热气腾腾的饭桌旁。我们寒假不回国，在学校留守，被同学们亲昵地称为"老留"。室外很冷，室内却是温暖的氛围。大家先谈论了成都的冬天，分享了对这座城市的冬天的感受，后来又聊了各自国家的冬天。来自俄罗斯的朋友菲利普绘声绘色地讲着俄罗斯的冰天雪地，让我们不禁打了个寒战。不知是谁提起了北京冬奥会，瞬间，滑雪项目成了大家热议的焦点。菲利普突然兴奋地说道："我在四川滑过雪，那感觉棒极了！"我感到不可思议，成都周边居然能滑雪？我当时就觉得太酷了，因为我从来不敢相信成都周边能滑雪，就赶紧拉住菲利普，像个好奇宝宝一样不停地问他，心里已经开始"盘算"起这场滑雪之旅。

菲利普说的滑雪场位于四川省阿坝藏族羌族自治州茂县九鼎山风景区，叫太子岭滑雪场。从成都出发去太子岭滑雪场只需要不到四个小时的车程，价格也在大家可接受的范围内，不少同学都很心动，纷纷报名参加。很快大家一致决定——相约太子岭滑雪场。但是过了几天，临近出发时间，有几位同学因为生病或其他原因，没有办法去。最终，只有菲利普、杰西卡和我三人踏上了前往太子岭滑雪的旅途。

我在德国很爱滑雪，小时候每到冬天，便常常穿梭在雪道上。但我已经多年没能感受滑雪的快乐了。这一次我特别想重拾这项技能，特别是在成都周边滑雪，太酷了！我心里还想着，等我老了，一定要把这段经历讲给孙子听。

去太子岭滑雪场的路上风景真的太漂亮了，和我在成都看到的完全不一样。我们乘坐大巴车前往，路很险，全是盘山路，周围是茂密的原始森林，光是路上的风景就已经让我陶醉了。突然之间，眼前就出现了白色的雪！我激动地看着窗外，随着车子越来越靠近雪山，雪也越来越多。许多汽车都装上了轮胎防滑链，我们也在路边租了两条前轮的防滑链，否则最后这几千米路根本无法前进。那天雾很大，前方视线不好，绑好防滑链后，我们的车速依然不是很快。这是我第一次看到中国南方的雪野，风景如此美妙，我完全被迷住了。

一路上，我们三人有说有笑，分享着对滑雪的期待。菲利普讲着他上次滑雪的趣事，我也时不时提一些问题。我们很顺利地到达了目的地。因为我们提前在网上就订好了一切，所以车到滑雪场入口处，经过检查后，就继续开向滑雪场内部。

刚进入滑雪场，我立刻被眼前的热闹景象所感染。我见到的每个人都非常兴奋，脸上洋溢着欢快的笑容。

♪ 潘昊琰镜头下的太子岭滑雪场

　　租鞋的时候，大家都忍不住笑我。因为我的脚很大，46码，工作人员说很少遇到这么大尺码，找了半天才找到适合我的鞋。

　　太子岭滑雪场有不同的山头，其中有一个非常陡，滑到底后可以坐十二分钟缆车再上去。我们选择的第一个山头比较小，坡比较缓，很适合初学者，感觉像是专门为小朋友们准备的。站在雪道顶端，我深吸一口气，准备迈出第一步。可刚开始，我的腿就抖起来，毕竟好多年没有滑雪了。但很快，那种熟悉的感觉便回来了。我微微屈膝，身体前倾，顺着雪道缓缓下滑。风在耳边呼啸而过，那种感觉让我仿佛回到了在德国滑雪的日子。我滑下来的时候看到了菲利普和杰西卡，当时我的感觉是他们一定不太会滑，所以一直都在下面，只有我一个人上到山顶。

最高的山顶雾很大，所以滑下来的时候我尽量放慢速度，这不是因为我害怕，而是转弯的时候很危险。而且我看见很多小孩都靠左滑，便也跟着选择了左边的滑道。如果靠右的话，我多半会摔跤。

左边的滑道有很多陡的地方，但有的地方也很平坦，而且滑道很好，让我能够尽情享受滑雪的乐趣。我以前真不知道成都还有这么好的滑雪的地方，我一直以为只有在阿尔卑斯山上才有好的滑雪场。

周围的人纷纷投来好奇的目光，或许他们在猜想，这个两米高的外国人是不是来自德国或奥地利的专业滑雪选手。我在心里暗自偷笑，尽情享受着这一刻的独特体验。一整天，我都重复着滑下来又上去，再滑下来又上去。滑雪无非左转右转，很累，也很有意思，我对自己当天的滑雪状态感到很满意。那一天快要结束的时候，在我的极力游说下，菲利普和杰西卡决定和我一起挑战最高的山顶，毕竟来都来了。我们一起站在山顶，看着整个滑雪场，然后一同冲了下去。那一刻，我感受到了前所未有的爽快与满足。

结束了一天的滑雪，我们到了预订的酒店。那是一家温馨的家庭式酒店，一进门，热情的老板便迎了上来，帮我们拿行李，还问我们当天的滑

♪ 2023年1月，潘昊琰在太子岭滑雪场

雪感受。天太冷了，外面是大雪，酒店里面却是暖暖的，我感觉非常舒服。

第二天清晨，我们本来计划返程回成都，但望向窗外那片雪白时，我们心中都有点不舍。菲利普率先提出：再留一天，再滑一次雪。一开始我反对，主要是考虑到多留一天花销也会更多。但当我想起前一天滑雪时的快乐，想到难得有这样的机会，便决定留下来——那里值得再去一次。

后来我才知道，菲利普的滑雪技术非常好，甚至比我还要好。那天，我和菲利普在雪道上自由穿梭，而杰西卡就在下面等我们，她微笑着看着我们，为我们加油。

第二天的雾比第一天还大，浓雾阻挡视线，给滑雪增加了不少难度和挑战。视线变得有些模糊，很难看清滑道，但这并没有影响我们的兴致。由于不需要照顾杰西卡了，我和菲利普两人就完全放开了，尽情地享受着滑雪的刺激与乐趣。

时间过得很快，转眼就到了滑雪场关门的时候。我们还没有尽兴，就厚着脸皮央求工作人员再开一次索道，让我们上去再滑一次，最终我们如愿以偿了。

站在山顶，看着周围险峻的雪山，呼吸着冰冷而新鲜的空气，我们感慨这冰雪世界的美丽。随着最后一次滑雪结束，我们的太子岭滑雪之旅也画上了句号。那一天很累，但我们真的非常开心。我想说，这是我在中国度过的一个极其美好的冬天。

（文/潘昊琰）

三十一分之一的美好回忆

2023年的夏天对我来说，是一段充满惊喜与荣耀的奇妙时光，至今仍历历在目。我有幸成为成都第31届世界大学生夏季运动会开幕式的31名火炬手之一。在得知消息的那一刻，内心的激动与自豪如汹涌的浪潮，几乎将我整个人都淹没，我知道，这注定会成为我人生中一段难忘的经历。火炬手们来自世界各地，代表着不同的国家（地区），但我们都有一个共同的目标——传递梦想与希望的火种。

我第一次参加开幕式彩排时，并没有意识到这是一场如此盛大的活动。

♪ 2023年7月，潘昊琰担任成都第31届世界大学生夏季运动会开幕式火炬手

然而，随着彩排的深入，我逐渐感受到这场活动的意义非凡。我结识了这些来自世界各地的有趣的人，我们一起练习火炬传递，彼此鼓励，最终在开幕式上共同点燃了主火炬塔。那段经历让我无比骄傲，用当下中国年轻人的网络语言来说，就是"自豪感爆棚"。开幕式前，我的心情格外激动，想到远在德国的父母可以在电视上看到我，别提有多开心了。参加成都大运会开幕式火炬传递的那段经历太神奇了，我在大运村学到的和感受到的，都是从未经历过的。直到现在，我对第一次点燃火炬的经历仍然记忆犹新，后来我认真总结过，很多事情只要按照规定动作不折不扣地做，就能做好——"熟能生巧"这个词说的就是这个意思。

在成都大运会开幕式上，我有幸与航天员叶光富一起担任火炬手。叶光富是成都籍英雄航天员，曾执行神舟十三号载人飞行任务。在开幕式上，他作为主火炬手，带领我们亲历了这一历史性的时刻。与叶光富的互动让我感到无比荣幸。他亲切随和，在彩排间隙，主动与我们交流，分享他在太空中的奇妙经历和独特感受。他讲述的那些故事让我对航天事业充满了向往和敬意。成都大运会不仅让我感受到了体育的激情，更让我体会到了中国深厚的文化底蕴与中国人的热情。

时间来到了2024年9月14日，我有幸受邀参加了中央广播电视总台在德国柏林举办的"云中锦书：我与中国的故事"德国专场活动。活动现场，气氛热烈而温馨。我向在场的嘉宾们展示了两张对我来说意义非凡的照片：一张拍摄于2017年，那时的我站在青城山巨大的"道"字前，青涩的脸上满是对中国的好奇与憧憬；另一张则是2023年我在同一地点拍摄的，此时我的眼中多了几分对未来的坚定。我向大家分享了自己与中国的点点滴滴，特别是青城山的"道"字如何像一颗神奇的种子，在我心中萌发了与中国结缘的梦想。我深情地讲述了这段经历，自己仿佛看到了当年那个迷茫的"小小潘"。于我而言，"道"不仅仅是一个简单的汉字，也是我学习中文的起点，一把走进中国的钥匙，更是我人生旅程中的一个重要转折点。我告诉在场的观众，每个人心中都有自己的"道"，而我很庆幸自己选择了这条与中国相连的道路。如果有人问我，现在想对2017年的自己说些什么，我会毫不犹豫地说："潘昊琰，你做了正确的选择，选择了学习中文。"因为如果没有当初的那个决定，我就不会有机会来到中国，不会在四川大学留学，不会成为成都大运会的火炬手，也不会与航天员叶光富这样的英雄人物并肩站立，更不会有后来与叶光富以中文通信的方式开启我们之间的珍贵友谊。

在"云中锦书"活动上，一个巨大的惊喜在等着我，我收到了正在执行神舟十八号载人飞行任务的叶光富、李聪、李广苏三位航天员从中国空间站发来的视频回复。当来自中国空间站的视频出现在大屏幕上时，你绝对想象不到我有怎样的感受，简直无法用语言来描述，真的太震撼了。我一直盯着屏幕，生怕错过任何画面。更让我完全没有料到的是，航天员们还为我送上了生日祝福，那一刻，感动的暖流在我的全身涌起……航天员们还用了十二分钟的时间带我们去参观了中国空间站，并回答了我们之前提出的问题。视频中，叶光富详细介绍了空间站的各个模块，展示了航天员的日常生活和工作环境。视频结束许久，我依然沉浸在那震撼的氛围中，我的脑海里不断回放着视频中的精彩片段。当时我就想，这个视频我一定要反反复复地看，要给家人和朋友们看，还要发到社交媒体上，让大家都知道我有一个中国朋友在天上工作。

♪ 2023年7月，潘昊琰（左）与中国英雄航天员叶光富（右）合影

♪ 2024年5月2日，潘昊琰在德国给中国英雄航天员叶光富写信

♪ 2024年5月2日，潘昊琰在新华伯乐中德音乐文化交流基地手持成都第31届世界大运会火炬和中国长征二号运载火箭模型

从青城山那刻着"道"字的石壁，到成都第31届世界大运会开幕式上高举火炬奔跑的瞬间，再到"云中锦书"活动中收到来自中国空间站朋友的珍贵祝福，我常常为自己的故事感到惊喜与感动。还记得有一次我和合唱团的几个"老人儿"一起聊天，我们就问过自己，假如当年没有学习中文，没有加入伯乐中文合唱团，那么现在的自己会是什么样子的。生活没有"假如"，我们都很庆幸自己选择了学习中文，加入伯乐中文合唱团。现在，德国有更多学习中文的同学，我真心为他们点赞，也希望他们每个人都能找到自己的"道"。我感到特别幸运，当时冥冥之中着了"道"，踏上了与中国结缘的道路。每一段与中国相关的经历都让我加深了对中国的

♪ 2024年9月17日，潘昊琰在"云中锦书"活动上分享自己与中国的故事

♪ 2024年9月17日，正在执行神舟十八号载人飞行任务的叶光富与李聪、李广苏三位航天员从中国空间站发来视频祝福

了解、对中国文化的理解，也让我结识了越来越多的好朋友。无论是与英雄航天员叶光富的奇妙缘分，还是"云中锦书"活动，都是构成我人生的最珍贵的片段。我知道，是中国，这个充满魅力的国度赋予了我的人生更多的美好和精彩。

（文/潘昊琰）

多彩的滇境

我在云南大学读书的时候，去了云南很多地方旅游。一有假期，我就背上行囊，奔赴云南的各个角落，去探寻那片神奇的土地，期待邂逅不一样的风土人情。

记得有一年圣诞节，一个全家团圆的西方节日，远在德国的父母特意千里迢迢来到昆

♪ 郭娅娜喜欢逛云南博物馆，通过牛虎铜案等文物了解历史

明，和我一起过节。我们漫步在昆明的街头，感受着这座城市的不同。我们去享用了非常有名的过桥米线。当那热气腾腾、食材丰富的米线端上桌时，我们满是新奇。按照当地人的吃法，我们依次将鲜嫩的肉片、脆爽的蔬菜、喷香的米线倒入滚烫的汤中，瞬间香气四溢，让人垂涎欲滴。尝上一口，鲜美的汤汁、爽滑的米线在舌尖碰撞，那独特的口感，让我们赞不绝口。一家人围坐在一起的那一刻，这异域美食仿佛成了连接亲情与异国文化的美妙纽带。

♪ 被誉为"奇峰异石的天然博物馆"的云南昆明石林是郭娅娜喜欢的景区

♪ 郭娅娜也喜欢游览云南昆明龙门景区

之后，我们一家人开启了一场梦幻般的滇西之旅，先后奔赴西双版纳、大理和丽江。在那里，我欣喜地见到了中国众多的少数民族同胞，有傣族、彝族、纳西族、白族等。他们身着绚丽多彩、各具特色的服饰，载歌载舞，仿佛生活在一个欢乐的人间仙境。大街上有很多人穿着自己民族的服装，非常漂亮。傣族的服饰色彩极为鲜艳亮丽，多以轻盈的丝绸或棉布制成；彝族的服饰则有着浓郁的山地风格；纳西族的服饰又别有一番韵

♪ 2019年1月，郭娅娜与云南大理崇圣寺三塔合影

味，古朴而典雅，女子的七星羊皮披肩是最具纳西族特色的代表性服饰。

我被这些独特的文化深深吸引，尤其是那神秘又有趣的少数民族文字，就像一幅幅灵动的画。我买了一件用傣族语书写我妈妈名字的工艺品送给她，妈妈特别开心。我知道，这份带着异域风情的心意，已经跨越了语言与文化的不同，温暖了她的心。

每到一个新的地方，探寻当地美食就成了我的"必修课"。比如，西双版纳美食的口味和泰国菜有几分相似，大量运用芒果等热带水果入菜，味道很鲜美。我还去过云南的保山、普洱、景谷、昭通。普洱，那可是闻

名遐迩的普洱茶故乡，我对普洱茶的痴迷就是从那儿开始的。以至于后来我在英国读研究生时，还专门以云南的普洱茶为主题写了毕业论文，深入挖掘它背后的历史、文化与韵味。醇厚的茶香，回甘的口感，每一口都仿佛在诉说着云南山水的故事。大理有很多奶酪，街头巷尾随处可见乳饼和乳扇；那里的玫瑰花酱也让我印象深刻，感觉大理的一切都被它施了魔法，奶茶里、糕点中，甚至空气中都弥漫着浪漫的玫瑰花香。

在大理，我们入住了一家温馨的民宿。由于路途耽搁，到达时天色已晚，本以为要饥肠辘辘地度过一晚，没想到民宿老板热情地邀请我们和他

♪ 云南大理民宿老板邀请郭娅娜一家人与他们共进晚餐

们一家人共进晚餐。电视里正好在播放德国的足球比赛，我兴奋地跟老板分享我在德国踢球的经历。没想到老板也是个足球迷，当即热情邀请我第二天一起踢球，还给我找了球衣和球鞋。第二天一到那儿，发现一群朝气蓬勃的男生已经在热身，还有隔壁村的小伙子们听闻消息也赶来加入。大家虽然来自不同地方，但对足球的热爱让我们瞬间融为一个集体。一整场球赛下来，我汗水如珠，心中却满是畅快。赛后他们邀请我们一家人去吃烧烤。我特别喜欢云南烧烤的那种氛围，大家围坐在一起，一边聊天，一边烧烤。我们和这些淳朴善良的白族朋友度过了难忘的一天。那种朴素的情谊让我很感动，成为我在云南一段难以忘怀的美好回忆。

丽江之旅同样让人难忘。在出发去玉龙雪山前，我们遇到了一位

♪ 郭娅娜（右一）在云南大理民宿老板的邀请下一起踢足球

热情的出租车司机。他见我穿着单薄，一脸担忧地问我是否了解要去的地方有多冷，还没等我回答，就执意带我们去他亲戚家，翻箱倒柜找出厚厚的衣服和帽子给我。我满心感激要给他钱，他却大手一挥说不用，返回的时候还回来就行了。那一刻，我被这份陌生人的善意深深打动。

在德国时，我经常去阿尔卑斯山滑雪，但那里最高也就是三千多米的海拔，玉龙雪山则要高很多。坐缆车上到海拔四千多米的时候，周围的人纷纷掏出氧气瓶吸氧，我却一脸自信，毕竟我在阿尔卑斯山滑雪时都安然无恙，心想这次肯定也没问题。

谁知道刚登上山顶，刺骨的寒风扑面而来，我瞬间感觉呼吸困难，胸口一阵剧痛，气短得厉害，那种缺氧的难受劲儿，让我第一次体会到了大自然的"威力"。

我觉得最美的是在黑龙潭公园远眺玉龙雪山，心灵仿若挣脱了尘世的羁绊，向着远方那直插云霄的玉龙雪山奔涌而去。天空似一块被擦拭得湛蓝透亮的巨大宝石，几缕白云悠悠飘荡，仿若给这幅壮美画卷添上了灵动的几笔。而玉龙雪山，就那样矗立在天地之间，连绵的山峰在日光的轻抚下，变幻出迷人的色彩。眼前有水，有殿宇，有雪山倒影，远处还有雪山，站在那里，时间仿佛凝固，尘世的喧嚣被远远抛却，心中只剩对那壮美雪山的敬畏与沉醉。一眼，足以让灵魂在天地大美间得到洗礼，铭记这跨越时空的震撼对视。

下山的时候起了大风，缆车被吹得左右摇晃，像个在狂风中飘摇的小摇篮，我的心都提到了嗓子眼儿。好在同缆车的家人、其他游客朋友和我

♪ 玉龙雪山有种摄人心魄的美，让郭娅娜流连忘返

♪ 郭娅娜在玉龙雪山远眺

辑四 深读中国

聊天，大家互相鼓励、分享趣事，渐渐驱散了我的恐惧，缓解了我的紧张情绪，让我在惊险中感受到了人与人之间的温暖与善意。

　　壮观的虎跳峡，也令我震惊。我站在岩壁上的木板路入口，望着那奔腾汹涌的江水呼啸而过，心中的震撼无法言表，从来没有见过这样的自然景观。旁边的游客朋友吓得脸色苍白，直说路太危险不敢走，可我骨子里那股冒险劲儿上来了，在家人的安全提醒下成功通过。回想起来，那次的

♪　郭娅娜被虎跳峡的壮观所震撼

经历真是太刺激了。

在中国留学的这些年，我还去了北京、西安、桂林和上海等中国的其他城市。每一个地方都有它独特的魅力，但在我心中，云南始终占据着特殊的位置，尤其是丽江、大理，那里的自然风光宛如仙境，人文风情淳朴深厚，如同一块巨大的磁石，将我的心紧紧吸引。云南是我到中国接触到的第一个地方，那里的人，那里的景，那里的一切，都很美好。它已经成为我的第二故乡。这一趟趟旅行，不仅让我领略了中国壮美的山河，更让我收获了无数温暖人心的故事。这些珍贵的回忆，将伴随我一生。

（文/郭娅娜）

橘子味的时光

在中国，一些被叫作小城市的地方，给我的感觉很奇妙，它们一点都不小，尤其是情感空间"大"得超乎想象。当我踏入那些小城市，哪怕是走进那些看起来并不高大的房子里，迎接我的都是当地人满满的热情，那种好客劲儿是压倒性的。大家似乎格外喜欢聚在一起吃饭，热热闹闹地搞各种庆祝活动。这样的氛围，和我家乡太不一样了。在我们那儿，大家可能更倾向于有事单独解决，很少有这么频繁、热闹的集体聚会。可在中国的这些小城市，人与人之间的紧密联系，真的让我特别感慨。

我曾有机会去了一座靠近成都的小县城，受骆先生邀请，我们到了他的家乡做客。和繁华时尚、充满都市感的大成都比起来，那个小县城有着一种别样的质朴。在中国的版图里，它实在是太小了，但当我真正置身其中，才发现它可比我去之前预想的大多了。它有个听上去特别美的名字，丹棱。

去往丹棱的路上，周边的景色完完全全就是乡村的模样。我们沿着一条高速公路前行，一路上，它串联起了一个又一个村庄，那感觉就像是打开了一本乡土故事书，每一页都写满了生活的烟火气。对我来说，这是一种完全不同的体验。想想以前，我比较熟悉的那些城市，无一不是超级大

♪ 从韩皓轩镜头里观中国乡村

都市，高楼林立、车水马龙，节奏快得让人停不下脚步。可到了丹棱，一切都不一样了。

在丹棱的日子里，我每天都会静静地观察当地人。他们的生活状态挺让人羡慕，感觉每一个瞬间都透露着轻松。仿佛生活在这里的人，都深谙享受当下的秘诀。

我了解到，丹棱是四川相当有名的柑橘产区，地理位置得天独厚，隶属四川省眉山市，紧挨着成都。在四川，柑橘随处可见，可丹棱的柑橘，真是我目前尝过最好吃的。它们一个个裹着金黄灿烂的外衣，十分诱人，而且吃的时候特别方便，轻轻一剥，饱满多汁的果肉就露出来了，那酸甜可口的滋味，瞬间就能在舌尖绽放，每一口，都像是在品尝丹棱这片土地独有的甜蜜馈赠。

在中国，我发现了一个特别有趣的事儿，那就是中国人对爬山这件事的热爱，真的不分年龄，老年人也劲头十足。在四川，我已经有两次爬山的经历。丹棱夏季多雨，道路湿滑，不太方便出行，而秋冬季就成了当地爬山的好时节。在当地，这可不仅是一项运动，更是一种深入人心的习惯，是亲人、朋友相聚在一起共享欢乐时光的美好契机。

在我看来，爬山也是一个发现中国的好机会，比如宁静古朴的小村庄，还有未经雕琢、美得令人窒息的大自然。我非常喜欢这种充满乐趣的传统游玩方式，很希望把它融入我往后的日常生活。我在德国居住的地区，大多是一马平川，根本没有真正可以徒步的山，想想还挺遗憾的。

在丹棱爬山时，我沿着蜿蜒曲折的山路走了好远好远，途中整个山谷的壮丽景色就像一幅徐徐展开的画卷，尽收眼底。山间云雾缭绕，空气湿漉漉的，有一条小路通往山顶寺庙。寺庙里有一座庄严肃穆的佛堂，僧人们在虔诚地祈祷着，那低低的诵经声仿佛有一种能让人内心平静下来的魔力；四周还摆放着一些古老的雕塑，它们带着岁月的痕迹，静静诉说着过去的故事。寺庙孤零零地立在山顶，给人一种寂寞感，但又透着宁静祥和。和北京那种气候干燥、阳光强烈且处处透着繁华与现代气息的风格相比，丹棱完全是另一番天地，光线柔和而朦胧，空气湿润且带着丝丝凉意，所有的元素交织在一起，勾勒出一幅极具东方韵味的绝美画面，让我这个来自异国他乡的人沉醉不已。

在丹棱，最美丽的记忆是开车穿梭在山区里的一个个小村庄。我跟随热情友善的骆先生去拜访了一些他住在农村的亲友。那些小村庄，即使有些偏僻，也仍有平坦的水泥路连通，汽车能稳稳地开进去，完全没有那种与世隔绝，仿佛被现代文明遗忘的孤寂感，反倒像是一个被时光温柔以待的隐秘角落，离都市的便捷与热闹，其实也就是一脚油门的距离。

漫步在村子里，我就像个刚闯入新奇世界的探险家。我发现了很多有趣的地方，农舍错落有致，古朴又温馨，旁边就是绿油油的菜地，还有一些我以前从没见过的农具。村子里的热闹也别有一番风味，家禽们大摇大摆地踱步，有鸭子、鸡和鹅，有的人家还养了宠物狗。这和德国的乡村太不一样。在德国，一户人家常常坐拥一大片土地，房子间隔得老远，邻里碰面都得开上一小段车，他们各自守着一方宁静天地。但在丹棱，人们的房子挨得近近的，这家一小片橘子园，果子挂满枝头，隔壁紧接着就是另一家的橘子园，果香四溢间，邻里们吆喝一声便能打招呼了。

最让我意想不到的是，我参加了其中一个小村庄的聚会。很多平时远在各地的家人们在那个时候都纷纷赶回来，齐聚在那个美丽安宁的小地方。整个村子的人似乎都是彼此的亲戚，从一开始，就有一种温暖在空气中流动。

而我有幸参与其中，和一群素未谋面的人围坐在一起，共享美食。桌上摆满了丰盛的菜肴，好多食材都是当地自产的，原汁原味，那鲜香至今还在我舌尖打转。我发现，由于生活地域不同，他们的口音各有特色，在我听来也挺有趣的。大家

♫ 韩皓轩镜头下的乡村屋舍，古朴又温馨

你一言我一语，讲述着家长里短、田间趣事，那些故事也让我很感兴趣。吃饱喝足后，我们还一起做了游戏，欢笑声在乡村的上空久久回荡。

说真的，对我而言，家族中这么多亲戚热热闹闹聚在一起，延续着祖祖辈辈流传下来的亲密联系，这种场面太震撼了。以前和中国人打交道，大多是在外面的场合，客气客套，很少有机会如此深入地走进一个家庭内部，探寻他们最本真的生活模样。而这次，我感觉自己不只是迈进了一扇家门，更是一头扎进了一个庞大温暖的家族怀抱，被那深厚的亲情、浓浓的烟火气紧紧包围。这种体验，我会一辈子珍藏在心底。这就是小村庄的魅力吧，质朴又动人，总能在不经意间，用最真挚的情感给人留下最美好的回忆。我真切地感受到中国人对家人以及朋友那种超乎寻常的重视，这大概是我们在那里受到"降重"款待的原因。即使作为一个外国人，也能很快融入其中。那种被接纳的感觉，就像冬日里裹了床厚厚的棉被，暖乎乎的。

我们受邀参加了很多家庭聚会。一踏入那样的聚会，我立即就会被感染，那里热闹欢快的氛围非常好。每次在桌前一落座，好客的主人家就一个劲儿地招呼我多吃点。那热情的话语，仿佛我要是不吃个肚儿圆，他们就绝不罢休。说实话，我有时真不觉得饿，可天天都有亲戚朋友热情邀约，几乎每天都在享受一场又一场美食盛宴。这在中国的社交生活里，似乎是一种独特的表达热情的方式。

饭后，人们通常会喝茶和嗑瓜子，围坐在一起谈天说地。中国人很爱用热水冲泡茶叶，我对喝茶也感兴趣，把它看作融入中国文化的方式，也是社交生活的一部分。每一次端起茶杯，轻抿一口热茶，暖流顺着喉咙流进身体，尤其是天气冷的时候，那种由内而外的温暖、惬意，真的太舒服了。

　　说回我心心念念的橘子，那得从跟着中国朋友去他们亲戚家的橘子园开始。那园子不大，满眼都是挂在绿树上的橘子，一个个圆润饱满，宛如可爱的小灯笼，外面还精心裹着纸。这是我第一次看到橘子以这样的方式出现在树上，后来一打听，原来包这层纸，是为了防冻。中国人照顾水果可真有一套，就像呵护自家孩子似的，每一步都透着细心。

　　园子主人热情得很，带头钻进园子里摘橘子。他站在地里，手法娴熟

♪ 2023年春节期间，韩皓轩在丹棱体验摘柑橘

地剥开一个刚摘下的橘子递给我们品尝。刹那间，空气中散发出浓烈而甜香的橘子气味。我迫不及待地跟着大家一起动手，边摘边吃，每一口下去，汁水就在嘴里爆开，那滋味，比我在德国吃过的所有橘子都要美妙！

取掉外面的纸，再剥开橘子，这个过程就像是在拆一份来自大自然的珍贵礼物。那严严实实裹在橘子外面的"纸外套"，让我实实在在感受到园子主人对这些水果精心呵护的满满爱意。

在丹棱，我还解锁了一项全新技能——打麻将。麻将有很多牌型，有的是圆形图案，有的是排列得规规矩矩的线条，还有的是纯汉字。我们玩的是"四川麻将"，入门还算轻松，掌握规则并不难，可真玩起来，才发现这里面的门道深着呢，什么时候出牌、怎么组牌型，处处都是策略的较

♪ 2023年春节期间，韩皓轩在丹棱参观"非遗"酒厂，了解中国白酒传统酿造技艺

辑四　深读中国　　　　　　　　　　　　　　　　·223

♪ 韩皓轩镜头下宁静而充满烟火气的丹棱居民楼

量。神奇的是，玩第二次时我就赢了，我不知道这是否说明我算是个打麻将的天才。现在回想起来，和朋友们围坐在一起，一边出牌，一边聊天，那场景真是挺有趣的。

此外，我还参观了一座白酒厂。多亏骆先生朋友的热心安排，我们得以有了那次特别的私人拜访。在白酒厂，我知道了白酒如何从原料一步步变成香醇美酒，原来中国的白酒酿造藏着这么多学问。这也让我的丹棱见闻变得更加丰富而有趣。

我们还去了丹棱城区，那里显得现代化、都市化。可我更喜欢丹棱周围迷人的乡村，那种乡村生活和乡村中的人，充满了各种乐趣。我觉得那里的人乐观又豪放，每个人脸上都挂着轻松自在的笑容，还特别爱开些友善的玩笑，逗得大家哈哈大笑。我在丹棱的很多时间，都是在那爽朗的笑声里度过的。

作为一个留学生，要是你也盼着深度了解中国，可别光盯着大城市，多往小城市、乡村跑跑，就像丹棱那样的小地方。在那里，你既能一头扎进大自然的怀抱，看看山川田野、橘子满林，又能扎进当地人的生活里，体验他们独特的生活方式，感受那份原汁原味的文化底蕴。

直到现在，只要想起丹棱，我就会想起那段橘子味的时光，脑海里就会浮现出那些曾走过的亲切的村庄，还有那片承载着家族记忆、养育着茂密橘林的土地。那里，早已成了我心中一块割舍不下的"宝藏之地"，承载着我与中国最美的邂逅。

（文／韩皓轩）

♪ 2024年3月24日，德国伯乐中文合唱团第十次中国行，游览湖北黄鹤楼

♪ 2024年3月27日，德国伯乐中文合唱团第十次中国行，感受北京北海公园的盎然春意

春节气象

街道上渐渐有了春节气象。

我的生日正好在春节期间，不会有比这更完美的巧合了。对我而言，这个春节的意义不仅是拥有新的一年，更是拥有一个全新的自己。

我和我在南京大学的朋友一起商量着过中国年的安排，毕竟这是我在中国过的第一个春节，有着要好好庆祝这个节日的强烈愿望。正好我的朋友热情地邀请我去她的家乡广东深圳看看。

当我落地深圳时，我的好朋友已经在那里等我了。当天晚上，我们就外出体验了一番。与南京相比，深圳更靠南方，气候温暖。我们找到一家露天的餐馆，在惬意的晚风里享受美食。

一说到中国年，人们总会想到传统服装、红色装饰品、红包和礼物。但是，中国年的背后到底有着怎样的故事？这就是我们晚上用餐时探讨的话题。

据说，中国年的起源可以追溯到四千多年前，大约在舜的时期。传说，山上住着一种叫"年"的怪兽，它的外形像狮子和狗的混合体。每到新年之夜，凶残的"年"兽就会从沉睡中醒来，闯入村落吃人。人们很害怕，于是每到除夕这天，就把自己锁在屋子里，以躲避它的伤害。后来，人们发现"年"兽害怕三样东西：巨响、红色与火光。于是家家户户每年除夕都放爆竹、贴春联、点灯火，以吓跑"年"兽。这些习惯逐渐就成了过年的习俗。

除夕当天，我和朋友前往惠州的一个小村子与她的家人团聚。随风摇动、挂满屋檐的红色灯笼，新近才贴在门上的春联，被房屋的白墙映衬着，使村子呈现出一派洁净、喜庆的景象。大家一整天都忙着准备美味的食物，以便在晚上团圆饭时一起享用。我们住在海边，海鲜自然是晚餐的

梅若云心中的中国新年，街上挂满红色的灯笼

一部分，暖融融的空气中洋溢着笑声、谈话声、餐具碰着杯盘的叮当声，以及桌上各色菜肴的浓烈香味。

夜色渐渐浓起来，灿烂的烟火在海上绽放，这意味着除夕夜的气氛即将抵达高潮。海滩上的笑声变得越来越多，它们毫无保留地倾泻出来，一朵烟花就能引发无尽的欢呼。来的人越来越多，调皮的孩子们在人群中间钻进钻出，不断变化的焰火下有各种各样的面孔、声音和色彩。

新年第一天，早晨的空气里饱含着湿润的海水味道，总使我幻想到午间大约会有一些欢乐的小鱼从中跃出。从我窗边吹过的风，正如那扫荡海面的风，唱出断断续续的调子，也许是大自然赠予的音乐片段。晨风永远在吹，清新的歌唱至今还没有中断，我为我有一对能听得到它的耳朵而感到快活。

我决定骑着共享单车去探索这座海边小村。当我骑着自行车穿过陌生的街道小巷，都会感到一种难以用语言描述的平静和自由。有时我会停下来听听人们的家常闲聊，虽然我不能完全听明白，但也足够新鲜有趣。正像我散步在城市中时，爱看摩登高楼和匆匆行人一样，我散步在村中，爱看这些淳朴的孩童和屋顶上的碎瓦片；听不到车声和喧闹了，我却听到了阵阵的海风声。

大年初二，我和朋友又坐上火车去了广州，参观了一座高得惊人的建筑——广州塔。那座建筑的特别之处在于其巧妙的设计，犹如一位扭腰向后看的女士，当地人亲切地给它起了个外号——"小蛮腰"。通过镶嵌在高塔地板的双层玻璃面板，可以看到塔下的地面，那高度让人震撼，简直

♪ 梅若云喜欢设计巧妙的"小蛮腰"——广州塔

让人心跳都快要停止了，使我不由得对中国人的想象力和创造力竖起大拇指。

由于是春节假期，街道上有些许冷清，只有几家商店在营业。我原以为那些商店只会关闭一两天，但有的一星期都没有开门。我明白了——春节是与家人、朋友在一起的重要时刻，是一段陪伴彼此的时光，人们期望着每年都能与所爱的人共度新年。

一路上，不管往哪里看，都可以看到属于春节的符号。我们到处闲逛，走走停停，在路边偶然尝到的美味小吃就够我们开心一整天。人们喜气洋洋的，有的在散步，俯身赏玩花朵，一起漫步草坪；有的相互问候，买些食品杂货……实际上这座城市比我看到的更富有生气。

那个新年，是我从没经历过的海边新年，也是我漫无目的的一次探索。想起那一晚，我抬头望着那片仿佛白昼的除夕夜空，在心里对自己说：庆祝每一个微小的时刻，庆祝每一次尽情的欢呼，庆祝在中国崭新的一切！

♪ 2023年1月，梅若云远远地与"小蛮腰"——广州塔合影

（文/梅若云）

♪ 德国伯乐中文合唱团成员白子清的绘画作品《大熊猫：新春快乐·中国四川—德国北威州》（中国四川和德国北威州于1988年缔结友好省州关系）

♪ 德国伯乐中文合唱团成员白子清的绘画作品《大熊猫》

辑四 深读中国

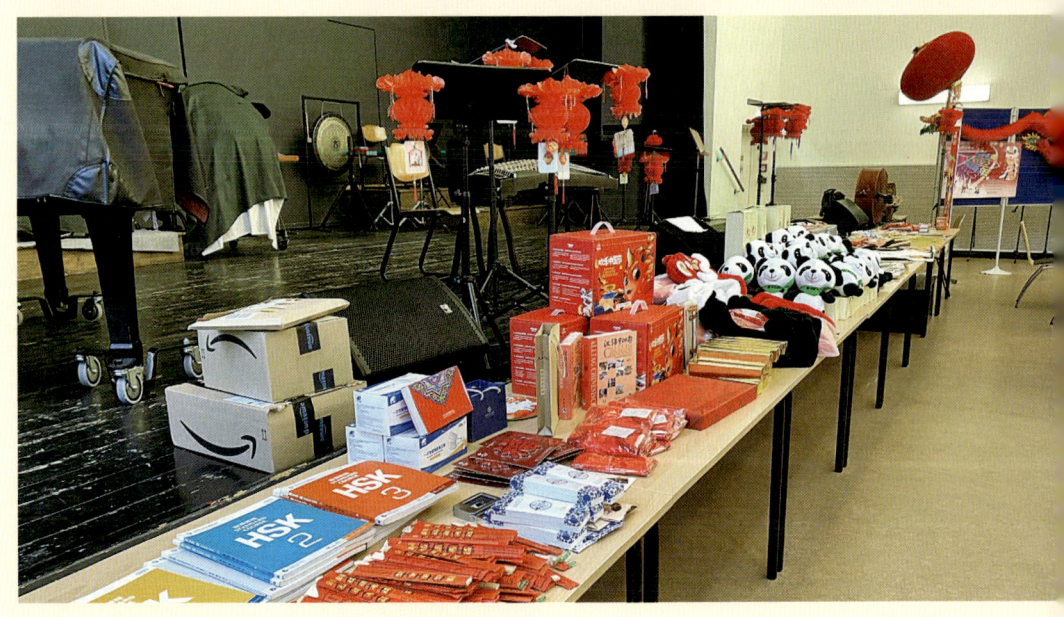

原来中国长这样

♪ 2022年1月,德国伯乐中文合唱团在"魅力汉语全球行"活动中体验中国传统文化,欢度中国年

辑四　深读中国

♪ 2024年4月，德国伯乐中文合唱团在"春暖花开时"伯乐十年——中德青少年文化交流音乐会演出前合影

♪ 2024年4月,德国伯乐中文合唱团在"春暖花开时"伯乐十年——中德青少年文化交流音乐会上表演

♪ 2024年4月，德国伯乐中文合唱团在"春暖花开时"伯乐十年——中德青少年文化交流音乐会上精彩表演瞬间

后记
NACHWORT

当最后一个字符落下,这本承载着我们无数回忆与情感的《原来中国长这样》终于完稿。字里行间,我仿佛看见十位德国青年的身影穿越时空,在方块字的经纬里织就了一场文明的对话。书中精彩纷呈的故事如同一颗颗璀璨的明珠,串联起了他们在中国度过的珍贵时光,也见证了中德文化交流的绚烂火花。

回首从策划到成书的近三年时光,心中满是感慨。这部带着中德文化体温的纪实作品,不仅是德国伯乐中文合唱团成员的青春手札,更是一面棱镜,折射出两个古老文明在新时代的灿烂光辉。

三年前的构想始于我和一位朋友的一次对话。那时,德国伯乐中文合唱团中有几位中文较好的同学正在尝试用中文写他们自己的故事,孔浩写了《在中国的一年》,海洋写了《我的故事》,韩皓轩写了《我与中国的故事》……虽然文笔还带着稚气,但因为故事的真实和有趣,每一篇读起来都打动人心。谈及这些故事,我和朋友便不约而同萌生了将合唱团同学们生活中的点滴与感悟汇聚成书，让更多人能够了解、分享他们学习中文、演唱中文歌曲，以及在中国学习交流经历的想法，并决定共同推动这件意义非凡的事。

我们希望这本书能为正在学习中文、想要到中国交流学习的外国学生提供一些参考，同时也为增进中德两国青年之间的文化交流搭建一座桥梁。通过往返于德国与中国的见面沟通，以及来来回回的视频电话，我们勾勒出了这本书的大致轮廓。

那时正值初春时节，几场春雪之后，我欣喜地看到，窗外的雪铃花和风信子渐次吐蕊绽放，小小的植株星星点点，十分惹眼。我知道，不久之后，它们就会在草地上、在树下、在花坛中汇成团团美丽的锦簇。

接下来的创作可谓一段辛劳而美好的旅程。参与此书创作的同学们，在繁忙的学习生活中挤出时间，记录、分享自己在中国的所见所闻、所思所感，并最终将自己的创作灵感和只言片语展开、书写、绘就成一幅幅完整的故事画卷。在书中，我们看到了他们从初踏中国土地时的新奇与忐忑，到逐渐融入中国生活、学习中文的艰辛与乐趣，各种意想不到的细节跃然纸上，令人动容；看到了他们在不同校园的课堂上与老师、同学互动时充满青春活力的身影；也看到了他们在街头巷尾快乐地品尝美食、体验民俗时的欢笑；更看到了他们在面对困难和挑战时坚持不懈、勇往直前的勇气……作为他们的英语老师、中文老师和一路陪伴的好友，我与他们无数次围坐在一起，或是通过网络视频，反复讨论、修改文稿，只为把这些亲历的故事讲述得更清晰、更生动、更具可读性。书中的每一个章节、每一段文字，都凝聚着大家的心血，充溢着最美好的情感。所以，此时此刻，我要把第一份感谢送给这些可爱的同学们。

我们还要感谢为我们答疑解惑、提供指导和建议的各位领导、专家、友人，感谢大家的悉心指导、大力支持和辛勤付出。2023年和2024年，同样是在美好的春天，四川人民出版社得知创作团队的同学们有机会到成都，专门邀请他们到出版社参观，并组织了创作座谈会，听取同学们的分享，了解他们创作中遇到的困惑，并为他们提供建议。正是因为有了这些帮助，我们才少走了许多弯路。更要感谢一路支持我们设立中文音乐教室和新华伯乐中德音乐文化交流基地的教育部中外语言交流合作中心和四川新华出版发行集团，倘若没有它们的帮助，这本书也难以在此时问世。

又是一年春来到，在遥远的成都，已是万物复苏、花红柳绿，我们仿佛能够闻到即将出版的新书带着的浓烈的春的气息、春的芬芳。我们期待着在不久的将来，出版社能够推出这本书的英文版和德文版，让更多人透过这扇窗户看到近年来中德两国青少年人文交流的鲜活故事，呈现德国同学们眼中真实、多彩的中国。我们也期待，未来能继续在中德两国文化交流的道路上稳步前行，书写更多精彩篇章。

张云刚　于德国埃森
2025年春